RIVER

(H)EISKALT VERLIEBT

TOFINO BEARS BAND 1

LIV KEEN

Für Christine, Josie, Ava und Carrie
- lieber gemeinsam statt gegeneinander! Danke! Wir sind der Beweis, dass das möglich ist. <3

VORWORT

Psst ...
Hey du!
Ja du!
Am Ende des Buches gibt es eine kleine Überraschung für dich.
Für den Fall, dass du noch nicht genug von den Bears hast.
Fünf süße Bonuskapitel.
Wie du da ran kommst?
Schau auf unsere Website oder unseren Social Media Kanälen vorbei. Dort gibt es einen Link.
Du willst erst mal mit dem Lesen beginnen? Kein Problem. Wir erinnern dich am Ende des Buches noch einmal.

PROLOG

LOU

Viele Jahre zuvor

„Ich muss da hoch“, sage ich und strecke mich nach dem Vorsprung aus. Natürlich bin ich viel zu klein, doch mit Rivers Hilfe kann ich es vielleicht schaffen.

„Ich weiß nicht, Lou. Mrs. Jenkins hat bestimmt schon gemerkt, dass wir uns verdrückt haben. Das wird schrecklichen Ärger geben. Und es wird alles meine Schuld sein. Wie immer.“

„Meinetwegen, dann sage ich ihnen eben, dass ich dich gezwungen habe.“

Ungläubig lacht er und entblößt dabei ziemlich große Schneidezähne und eine Zahnlücke. Ich beneide ihn schrecklich darum. Alle meine Milchzähne sind noch bombenfest. Selbst Audrey zieht mich damit auf, dass ich sie wohl noch haben werde, wenn ich heirate.

„Als wenn dir das jemand abkauft, du kleiner Käfer."

Zornig kneife ich die Augen zusammen und stoße River gegen die Brust. „Nenn mich nicht so."

Ich sehe zu der Klippe hinauf.

Ich ertappe River dabei, wie er sich unsicher durch die Haare streicht, wie er es immer tut, wenn er ein Mädchen beeindrucken will oder Schiss hat. Das Haar, das Shelly so toll findet. Sie ist nämlich verknallt in River, wie es irgendwie alle Mädchen sind. Alle bis auf mich. Ich finde ihn eher nervig. Vor allem, wenn er so ein Angsthase ist.

„Was ist jetzt? Hilfst du mir mal?", frage ich ungeduldig und bin mir plötzlich nicht mehr sicher, ob das wirklich eine gute Idee ist. River ist nur ganz, ganz selten ein Angsthase. Meistens ist er es, der mich zu Dummheiten anstiftet, sagt Mom immer. „Wenn du mir nicht hilfst, schaffe ich es auch ohne dich", beharre ich und versuche mein Möglichstes, um die Klippe hinaufzuklettern. Plötzlich packt er mich um die Hüften, um mir beim Aufstieg zu helfen.

„Danke", sage ich, als ich oben ankomme.

Zu meinem Entsetzen folgt er mir den kleinen Klippenvorsprung hinauf. Die Klippe ist höchstens einen Meter hoch, doch von dort aus hat man einen wunderbaren Ausblick auf den Clayoquot Sound, dem zerklüfteten Küstengebiet mit den vielen Inselgruppen, die Tofino umgeben. Ich liebe es, hier zu leben und vor allem Fotos davon zu machen.

Sobald ich oben bin, laufe ich bis zum Rand, von dem es höchstens zwei Meter tief ins Wasser geht, und zücke die Kamera.

„Also? Hast du es jetzt endlich?", fragt er ungeduldig.

„Warum nur bist du so ein kleiner Angsthase?", frage ich und stöhne laut.

„Ich kann die Strafpredigt unserer Eltern schon hören."

„Nur eins noch", sage ich.

„Nun komm schon, kleiner Käfer", drängt er mich und ich wende mich hastig zu ihm um. Wahrscheinlich ärgert er sich darüber, dass ich ihn Angsthase genannt habe. Ich grinse. Dabei stimmt es ... nun ja, manchmal. Er hat Schiss, in den Keller zu gehen oder im Dunkeln zu schlafen. Unsere Eltern sind die besten Freunde, sodass ich ständig mit ihm abhängen muss.

„Na gut, dann eben Louisa", murrt er und grinst breit. Dabei weiß er genau, wie sehr ich diesen Namen hasse.

„Nenn mich nicht so. Du weißt, ich hasse das."

„Wie darf ich dich denn dann nennen? Käfer ist falsch. Louisa ist falsch."

„Niemand nennt mich so", schimpfe ich zurück. „Abgesehen von Großtante Gilda, weil ich nach ihrer Mutter benannt bin. Und die mag ich nicht. All die Süßigkeiten, die sie jedes Mal mitbringt, sind abgelaufen. Dad sagt, sie kauft sie im Sonderangebot, um zu sparen, und dann wartet sie immer ewig, bis sie sie uns schenkt. Mir wäre es lieber, sie bringt keine Geschenke mehr mit, wenn sie uns besucht."

„Nun komm schon, Louisa, wir gehen zurück."

Ich verschränke die Arme vor der Brust. „Nö, erst wenn du mich nicht mehr so nennst."

Genervt rollt River mit den Augen. „Mein Gott, stell dich nicht an wie ein Baby."

Aufgebracht wirble ich mit meinem Körper herum. „Ich bin kein Ba..." Bevor ich überhaupt weiß wie mir geschieht, trete ich ins Leere und falle mit einem riesigen Platsch ins Wasser. Als ich wieder auftauche, schnappe ich erschrocken nach Luft und sehe nach oben. Die Wellen sind stark und treiben mich gefährlich nah an die Steine. Und ich kann nicht schwimmen. Während River nämlich Angst vor dem Keller hat, hasse ich tiefe Gewässer. Hilfesuchend sehe ich zu ihm hoch. Doch er ist nicht mehr da. Stattdessen taucht sein Kopf neben mir im Wasser auf und ich sehe in grüne vor Zorn funkelnde Augen.

„Willst du uns umbringen? Warum kannst du nicht einmal auf mich hören?", flucht er. Er spuckt Wasser, während er mich packt und an Land zieht.

Hustend und Wasser spuckend gelangen wir an den Strand und River sinkt erschöpft in den Sand. Er braucht eine Weile, bis er wieder Luft bekommt. Als er sich zu mir umdreht, sehe ich das Blut an seiner Stirn.

„Du blutest", rufe ich aus.

„Bestimmt nur ein Kratzer", brummt er. „Komm, wir gehen zurück."

Dieses Mal höre ich auf ihn. Sobald wir aus dem Wald heraus und den gepflasterten Weg zur Innenstadt von Tofino entlanglaufen, sehen wir schon den Menschenauf-

lauf. Unsere Lehrerin Mrs. Jenkins stößt einen gellenden Schrei aus und macht einen wahnsinnigen Aufstand. Sie hüllt uns in Decken und nach einiger Zeit kommen Notfallsanitäter hinzu, die sich sogleich um die Platzwunde an Rivers Stirn kümmern. Als sie und unsere Eltern natürlich River die Schuld geben wollen, gebe ich kleinlaut zu, dass alles mir zu verdanken ist und River sogar mein Leben gerettet hat. Nachdem sich alles ein wenig beruhigt hat, sitzen River und ich etwas abseits, immer noch in Decken gehüllt.

„Warum bist du hinterhergesprungen?“, frage ich leise.

„Ich kann dich doch nicht ertrinken lassen.“ River zögert und ich glaube, er will eigentlich noch etwas dazu sagen, tut es dann aber doch nicht.

„Danke, dass du mich gerettet hast“, sage ich kleinlaut.

„Schon gut, Beetle.“

„Beetle?“, frage ich skeptisch.

„Ja, so ähnlich wie Käfer, aber wie das Auto. Kennst du das? Mom hatte früher so eins. Die sind super selten hier in Kanada und deswegen auch was Besonderes. Außerdem sind die auch super klein. Passt also perfekt, oder?“

Ich bin mir da noch nicht so sicher, aber ich will auf keinen Fall mit River streiten. Nicht, nachdem er mich aus dem Meer gefischt hat und genäht werden musste. Das hat bestimmt voll wehgetan.

„Okay, also bin ich deine Freundin?“, frage ich und sehe, wie River rote Ohren bekommt. Das sieht witzig aus.

„Du bist meine beste Freundin. Dich will ich ja schließlich nicht küssen."

„Bäh! Das wäre auch ganz schön eklig", sage ich schnell, während ich River dabei beobachte, wie er wieder durch sein Haar streicht. Und dieses Mal gefällt es mir plötzlich.

EINS

RIVER

Ich öffne die Augen und starre in die Dunkelheit, die gar nicht so schwarz ist, wie ich gedacht habe. Aber klar! Immerhin befinde ich mich in Las Vegas, wo nichts und niemand je wirklich schläft und all die grellscheinenden Lichter der Leuchtreklamen der Casinos und Bars meine Hotelsuite beinahe taghell erleuchten. Stechende Kopfschmerzen sind die ersten Vorboten des krassen Hangovers, der mir droht. Fuck! So viel habe ich schon ewig nicht mehr getrunken. Als Eishockeystar ist mein Körper ein Tempel. Auch wenn die Leute es nicht so recht glauben wollen, weil wir Stars gern unsere Mount Everest großen Egos pflegen, auf Partys gehen und dort Frauen am Arm sammeln wie Armbänder. Meistens befindet sich in den Gläsern jedoch Soda oder ein isotonisches Getränk. Während der Saison ist es ein No-Go, seinen Körper damit zu vergiften, doch auch abseits davon ist die eigene Fitness das größte Kapital. Tja, bei mir wohl nicht mehr, also habe ich mich das erste Mal seit dem College so richtig abgeschossen. Immerhin bin ich quasi arbeitslos. Und daran wird sich so schnell nichts ändern, wenn ich meinem Agenten glauben will. Ach ja, Ex-Agenten! Wen interessiert es da noch, wie es um meinen Tempel steht?

Stöhnend richte ich mich auf und halte meinen Kopf. Was habe ich mir nur gedacht? Ein schrilles Klingeln ertönt. Nun dämmert mir auch, was mich aus dem Schlaf gerissen hat.

„Willst du nicht endlich rangehen?“, murmelt eine genervte Frauenstimme und erinnert mich daran, dass ich vor wenigen Stunden nicht allein auf dieses Zimmer gegangen bin. Ihr nackter Körper, der mir eben noch Zerstreuung gebracht hat, rekelt sich unter dem dünnen Laken und schmiegt sich an meinen Körper. Was zur Hölle hat mich dazu veranlasst, zu glauben, ein heißer Quickie mit einer Fremden würde mich genug ablenken, um meinen Sturz von der Karriereleiter zu vergessen?

Achselzuckend greife ich nach dem Handy und sehe den Namen auf dem Display. „Kane?“, frage ich überrascht, als ich abhebe.

„Wenn das nicht die kratzige Stimme meines alten Freundes River McLear ist.“

„Cool, von dir zu hören, auch wenn es …“ Ich blicke auf meine Uhr, die ich seit meinem sechzehnten Geburtstag am Handgelenk trage. Sie ist eine Erinnerung und ich lege sie nur zum Training oder für ein Spiel ab. „… mitten in der Nacht ist.“

„Irgendwo ist es doch immer gerade Nacht.“ Kanes Lachen erinnert mich an vergangene Zeiten. Unbeschwerte und entspannte Zeiten, in denen mein einziges verficktes Problem war, wie ich Beth Pearson, das heißeste Mädchen der Oberstufe, ihr Höschen abschwatzen konnte. „Und wie läuft es so bei dir?“

„Bei mir?“, echoe ich und streiche über meine nackte tätowierte Brust. Ich löse mich aus der Umklammerung meiner Eroberung und trete auf den Balkon. Nackt! Na und?! Das ist nur ein Vorteil, wenn man die Penthouse-Suite gebucht hat. Man kann sich mitten in Vegas die Eier kühlen, ohne verhaftet zu werden ... „Einfach großartig, weißt du? Ich feiere gerade mein Leben, die sozialen Medien, die Presse und die Tatsache, dass ich arbeitslos bin.“ Aus jedem Wort tropft eine Menge Ironie. Es reicht zweifellos, um eine Badewanne zu füllen, in der ich dann mein Selbstmitleid ertränken kann.

„Tja, wie gut, dass ich anrufe. Ich hab da nämlich so ein Gerücht gehört.“

„Gerücht?“ Ich streiche durch mein dunkles Haar und verwuschle es. „Es ist wohl weniger ein Gerücht, wenn alle Zeitungen darüber berichten.“ Meine Miene verzerrt sich zu einer schmerzhaften Grimasse.

„Ich meine, die Tatsache, dass River McLear, der heißbegehrteste FNHL Stürmer, nach diesem Skandal als unvermittelbar gilt?“

Vermutlich galt ich nicht nur in der *First National Hockey League* als Persona non grata, sondern in jeder Profi Liga.

„Oh, das“, entfährt es mir. „Wow, das ging ja schnell. Genau genommen habe ich selbst diese Information erst vor, tja, acht Stunden von meinem Sportagenten erhalten.“ Der wahre Grund, warum ich mich entschieden habe, mich im Alkohol zu ertränken und ein sexy Showgirl in knappem Kleidchen zu vögeln.

„Ich hoffe, du hast ihn gefeuert?“

„Oh, der war auf Zack. Die Info kam mit seinem Kündigungsschreiben.“ Ich denke an den wohl tiefsten Moment meiner Sportkarriere und in mir baut sich eine wahnsinnige Wut auf, die ich mit Sarkasmus wieder niederringe. „Hat irgendwie auch was Gutes. Ist der Ruf erst ruiniert, lebt es sich frei und ungeniert, weißt du? Das Leben kann ohne Daumenschrauben ganz verlockend sein …“

Kane lacht. „Und bist du fertig damit?“ Verdammt, er kennt mich gut.

„Vermutlich“, murmle ich. „Dieser Kater ist nichts für mich. Wie halten die Menschen das nur aus?“ Ich stütze den Kopf in meine Hand und ordere im Geiste bereits eine Schmerztablette an der Rezeption des Skylofts.

„Keine Ahnung, ich hab das nach der Highschool aufgegeben. Ich wollte nicht unnötig Hirnzellen verballern.“ Beinahe kommt es mir vor, als könne ich Kanes Grinsen vor mir sehen.

„Gute Entscheidung, du Wunderkind.“ Ungeduldig laufe ich von rechts nach links und genieße den Ausblick über das funkelnde Vegas. Eine Stadt, die mich immer an einen unechten Diamanten erinnert. Alles funkelt und erstrahlt im Glanz, doch das meiste davon ist Fake. Genau wie die Brüste der Kleinen in meinem Bett. Sie sind groß, aber unecht. „Also, verrätst du mir, warum du mich um diese Uhrzeit anrufst?“

„Es geht um ein Team.“

„Ich höre“, sage ich gespannt.

„Nicht irgendein Team, sondern mein Eishockey-Team. Ich bin dabei, eine vollkommen neue Mannschaft zusammenzustellen. Geld ist kein Problem, davon habe ich eine Menge, nachdem ich mein Start-up verkauft habe. Ich hab ein paar Spieler, einen Trainer und eine Eishalle, aber ich brauch jemanden besonderen. Jemanden mit Erfahrung, der weiß, was er tut. Ein Aushängeschild, am besten mit guten Kontakten zur FNHL. Ein Magnet, der andere Profis dazu bringt, für mich zu spielen.“

„Und du willst mich dafür?“, hake ich ungläubig nach. Das klingt vollkommen absurd. „Dein Ernst? Ich soll der Kerl mit der Verantwortung sein? Ausgerechnet mich willst du als Aushängeschild?“

„Und ob.“

„Nach der ganzen schlechten Presse?“ Ich kann das alles nicht glauben. Will er mich verarschen?

„Die Presse ist nur noch ein Goodie. Was denkst du, werden sie über dieses Team schreiben? Und du weißt doch, am Ende ist jede Presse gute Presse.“

„Was ist mit dieser Sache?“

„Du meinst die Tatsache, dass du deinem Trainer die Nase gebrochen und ihn in ein Krankenhaus befördert hast?“ Scheinbar hat er die Position seines Handys gewechselt, denn plötzlich klingt seine Stimme näher und deutlicher.

„Ja, genau die.“ Ich balle die Finger der rechten Hand zur Faust. Noch immer schmerzen die Knöchel von dem Schlag, aber sicherlich nicht so sehr wie die Nase dieses Wichsers. „Machst du dir keine Sorgen deswegen?“

„Ich nehme an, du hattest einen triftigen Grund dafür.“

Ich schweige. Es wäre leicht, die Wahrheit in die Welt hinauszubrüllen. Doch die Realität würde nicht nur die Karriere meines Ex-Coachs zerstören, sondern auch eine weitere auf ewig brandmarken. Ich habe es versprochen, selbst wenn das bedeutet, die Konsequenzen auf ewig zu schlucken. „Wird das wieder passieren?“

„Wenn es die Situation erfordert“, gebe ich zu.

„Dann ist es kein Problem.“ Verwundert hebe ich die Brauen. Kane und ich haben uns wie viele Jahre nicht gesehen? Mindestens fünf. Und er hat noch immer dieses Vertrauen in mich? „Also bist du dabei?“

Ein neues Team von Grund auf zusammenstellen und in weniger als drei Monaten fit machen, um am Ende erfolgreich in der *First National Hockey League* mitzuspielen? Ich muss wahnsinnig sein, dass ich überhaupt darüber nachdenke, aber andererseits habe ich keine andere Wahl. Heilige Scheiße. „Okay.“

„Fein, ich erwarte dich in Kürze hier.“

„Wo ist *hier*?“

„Na, wo schon? Da, wo alles angefangen hat: zu Hause."

„Du meinst doch nicht Tofino?"

„Ist das ein Problem?", fragt er nach einer langen ausgedehnten Pause.

Schweigen. Ein riesiger Klumpen gefrorenes Eis landet in meinem Magen und lässt all meine Eingeweide erfrieren. Ich soll nach Hause fahren? War das sein scheiß Ernst? Ich soll in den Ort zurückkehren, aus dem ich vor ein paar Jahren geradezu geflohen war? Von dem ich geschworen habe, dass ich nie wieder dorthin zurückkehren würde? Aber ... verdammte Scheiße! Welche andere Wahl bleibt mir? Stuart, mein Ex-Agent, hat es ziemlich treffend formuliert: *Du bist am Arsch, mein Freund. Deine Karriere ist am Ende.* Wenn ich also je wieder einen Fuß aufs Eis setzen will, ist dies die letzte Chance.

„River?", hakt er noch einmal nach.

Ich schüttle den Kopf. „Geht klar, ich bin in ein paar Tagen da. Schick mir alles, was ich wissen muss, und vergiss nicht den Ort, an dem ich dich treffen kann."

„Geht klar", antwortet er, ehe er hinzufügt: „Kurz habe ich gedacht, du lässt mich hängen."

„Ich auch, Kane", sage ich grinsend.

„Was hat dir solche Angst gemacht?"

„Das, was ich in Tofino zurückgelassen habe."

„Und ich dachte, es gäbe nichts, wovor River McLear Angst hätte?" Er lacht wieder.

„Tja, was soll ich sagen? Das habe ich auch gedacht, aber da sind wir wohl beide überrascht worden."

„Brauchst du was, wo du schlafen kannst?"

Ich denke kurz nach und das Grinsen auf meinem Gesicht wird noch breiter. „Schon gut, ich weiß da was."

Wir beenden das Telefonat und ich atme hörbar aus. Wo zur Hölle ist diese Chance bitte hergekommen? Gestern bin ich noch überzeugt gewesen, meine Zeit im Profisport hinter mir zu haben. Eishockey ist mein Leben. Nicht nur so, wie jeder Profi das sagt. Bei mir stimmt es. Dieser Sport ist mein ganzer Lebensinhalt. Es gibt keine Frau, keine Familie und niemandem, dem ich verpflichtet bin. Außer meinem Spielplan. Ich lebe von einem Spiel zum nächsten, habe keine Ziele, außer eines Tages den verdammten North America Cup in den Händen zu halten. Wenn andere über ihre Fünfjahrespläne erzählen, lache ich nur müde. Ich hasse Pläne. Ich entscheide impulsiv aus dem Bauch heraus und blicke nie zurück. Nicht mal nach diesem Desaster. Es ist richtig gewesen. Auch wenn es mich alles gekostet hat und nach außen falsch wirkt, weiß ich, dass ich alles richtig gemacht habe. Egal, was die Leute und die Presse sagen, es ist die einzig für mich mögliche Reaktion gewesen. Und ich würde es wieder tun. In dieser Hinsicht habe ich Kane nicht belogen.

Und nun soll ich nach Tofino zurückkehren. Den einen Ort, den ich in den letzten fünf Jahren gemieden habe. Ich streiche wiederholt durch mein Haar, hole tief Luft und entsperre mein Handy. Ich öffne WhatsApp, scrolle die Liste der Nachrichten bis ganz nach unten durch und tippe auf einen Namen. Lou. Das Profilbild zeigt ihr hübsches Gesicht und den wilden braunen Lockenkopf. Sie grinst frech in die Kamera und umarmt dabei ein kleines Mädchen. Vermutlich ist das ihre Nichte, von der sie ständig redet, wenn wir mal wieder stundenlang telefonieren. Dabei ist das letzte Gespräch viel zu lange her. Sofort spüre ich dieses Ziehen in meiner Magengegend. Ich vermisse sie, sehr sogar. Ihre herzliche offene Art und dass sie im Gegensatz zum Rest der Welt gnadenlos ehrlich mit mir ist. Der Grund, warum sie schon mein ganzes Leben meine beste Freundin ist und vermutlich auch die Ursache dafür, warum es so lange her ist, dass ich sie angerufen habe. O Mann, sie wird mir den Arsch aufreißen. Soll ich sie vorwarnen? Oder soll ich lieber das Überraschungsmoment nutzen?

Die sanfte Nachtbrise weht durch mein Haar, wie eine längst vergessene Geliebte liebkost sie meine nackte Haut und ich sehe zum Himmel hinauf. Was tut sie wohl gerade? Wird sie sich freuen, mich zu sehen? Unsere Beziehung ist schon immer besonders gewesen. Besonders kompliziert. Lou und ich sind Freunde seit … immer. Unsere Mütter waren beste Freundinnen und mit nur wenigen Monaten Unterschied schwanger gewesen. Es gab also Fotos von uns in sämtlichen Entwicklungsstadien und peinlichen Augenblicken. Die meiste Zeit heult Lou auf den Fotos, weil ich ihr die Schippe weggenommen oder ihren Muffin gegessen habe. Manchmal habe ich ihr auch an den Zöpfen gezogen oder meine heißgeliebten

Toffees in ihr Haar geklebt. Irgendwann habe ich aufgehört, sie zu ärgern, und stattdessen jeden anderen heimgesucht, der ihr wehgetan hat. Dabei hat sie diesen Schutz gar nicht nötig. Lou Sullivan mag vielleicht winzig sein, aber ... heilige Scheiße ... sie ist auch mit allen Wassern gewaschen. Jedes Vergehen hat sie mir heimgezahlt, und zwar drei Mal schlimmer. Einmal hat sie sich die Mühe gemacht, einen Muffin mit einer Unmenge Salz zu backen, sodass er ungenießbar wurde. Noch nie in meinem Leben habe ich so viel Durst gehabt wie nach dem einen Bissen von diesem Muffin. Es gibt kein Leben ohne Lou, auch wenn sie nun viel seltener darin präsent ist und ich viel seltener lache. Etwas, das ich so gerne möchte und, wenn ich ehrlich zu mir selbst bin, schrecklich vermisse.

„Mir ist langweilig", meldet sich das Showgirl mit dem künstlich perfekt geformten Körper, als sie mit wiegenden Schritten auf mich zukommt. Sie ist ebenfalls nackt, trägt nur ihre Pumps. „Willst du mich ablenken?", fragt sie gurrend. „Du scheinst bereit zu sein."

Überrascht sehe ich hinunter zu meinem riesigen Ständer. Keine Ahnung, wo der so plötzlich herkommt.

Fieberhaft durchforste ich mein Hirn nach dem Namen meiner Eroberung. Ich komme nicht drauf, er spielt aber auch keine Rolle. In wenigen Stunden breche ich auf, lasse sie und diese Nacht hinter mir, wie all die anderen zuvor. Wer wird es mir verübeln, wenn ich mir vorher noch einen Happen genehmige?

Ein letztes Mal sehe ich auf das Foto auf meinem

Handy, schließe kurz die Augen und drücke es weg. Ich scheine ganz dringend Ablenkung zu benötigen. Sie kommt zu mir, geht vor mir auf die Knie und öffnet ihre roten Lippen, um ihn tief in ihren Mund aufzunehmen. Ich stöhne und schließe die Augen. Und dann ist es Lous Gesicht, das ich vor mir sehe, als die Kleine meinen Schwanz lutscht. Was zur Hölle?

ZWEI

LOU

Was zum Teufel habe ich dem Universum bitte schön angetan, dass es mich dermaßen bestraft? Wie könnte mein Tag nur noch schlimmer werden? Nachdem am Morgen der Kaffee bereits leer gewesen ist, weil Audrey ihr Schlafdefizit als Alleinerziehende, das sie diesem zuckersüßen Teufelsbraten verdankte, ausgleichen musste, meine Schrottkarre von einem Auto vor der Arbeit liegengeblieben ist, ich natürlich den Bus verpasst habe, weswegen ich zu meinem Job hetzen musste, bricht mir jetzt - acht Stunden später – der Absatz an einem meiner Lieblingsstilettos ab. Heilige Scheiße! Wie soll ich nun in die Galerie kommen?

„Ich sag ja, die Dinger sind lebensgefährlich", hebt sich eine Stimme aus dem Chaos aus Verkehr, Stimmengewirr und kreischenden Vögeln hervor. Eine Mischung, die normalerweise wie Musik in meinen Ohren klingt, nur eben heute nicht. Ich hebe den Kopf, um nach demjenigen zu suchen, zu dem die Stimme gehört, die mir schrecklich vertraut vorkommt und dafür sorgt, dass sich jedes Haar an meinem Körper aufrichtet. Das ist unmöglich! Seit Jahren frage ich mich, ob er je wieder herkommen würde. Ob er vorher Bescheid geben oder einfach vor mir stehen würde?

Rasch hebe ich den Blick und erstarre in der Bewegung. Da ist er. *River McLear.* Lässig grinsend steht er an sein Motorrad gelehnt. In abgetragenen enganliegenden schwarzen Jeans, die ihre beste Zeit schon hinter sich und wahrscheinlich ein Vermögen gekostet haben. Trotz der sommerlichen Temperaturen trägt er Boots und Lederjacke. Er wirkt riesig, als sei er noch mal gewachsen, was kaum möglich ist. Und seine Lippen sind zu diesem schiefen Grinsen verzogen, das ich so sehr vermisst habe. Mein Herz stolpert ein paar Mal verräterisch bei seinem Anblick.

„River?", frage ich mit ungewöhnlich hoher und belegter Stimme.

„Wer sonst?", sagt er und breitet die Arme aus, damit ich hineinfliegen kann, wie ich es immer tue. Das letzte Mal ist allerdings schon ein bisschen her. Ich zögere.

„Was jetzt?", hakt er nach. „Begrüßt man etwa so seinen besten Freund nach drei Jahren Abwesenheit? Worauf wartest du noch?"

„Es waren fünf", korrigiere ich ihn vorwurfsvoll. Hat er nicht mitgezählt?

Und dann tue ich es. Sobald mich seine Arme

umschlingen und sein vertrauter maskuliner Duft mich umhüllt, erfüllt mich das betörende Gefühl von Geborgenheit. Abgelöst wird es von sanftem Kribbeln, als habe ich einen Schwarm Schmetterlinge verschluckt, die sich nun in meinem Bauch tummeln. Ich seufze und halte ihn fest, viel länger, als vermutlich angebracht ist. Gleichzeitig kommen mir die Tränen, die ich mit Macht zurückdränge. Was ist nur los?

Wir lösen uns genug voneinander, um uns gegenseitig anzusehen. Ich sehe jedoch nur eine Sonnenbrille, die seine unverwechselbaren grünen Augen vor mir verbirgt. Behutsam nehme ich sie ihm von den Augen und sehe ihn an. Seine sind leuchtend hellgrün, wie die von Tau benetzte Wiese in der Morgensonne hinter unserem Haus. Es ist eine besondere Farbe, die ich bisher nur bei einem anderen Menschen gesehen habe.

„Hi", sagt er leise und für einen Moment glaube ich, dass seine Stimme anders klingt. „Bist du etwa gewachsen, Beetle?" Unsinn. Ich muss mich irren. Er ist noch der alte River. Zweifellos. Genauso gut aussehend und unverschämt.

Ich rolle mit den Augen, als ich seinen Kosenamen für mich höre und löse mich von ihm. „Nenn mich nicht so."

„Warum nicht?", fragt er lachend und verzieht sein attraktives Gesicht zu einer Grimasse. River McLear ist furchtbar. Furchtbar dreist, gut aussehend und absolut nervtötend. Und er ist mein allerbester Freund auf der ganzen Welt. Zumindest ist er es früher gewesen. Damals,

als wir noch Sandkuchen gebacken oder uns durch die Highschool gequält hatten, bevor er ein großer Eishockeystar in Kanada und den USA geworden ist. Sein dunkles Haar ist verwuschelt, scheint jedoch perfekt zu liegen und vervollständigt sein wildes und ungezwungenes Outfit. Sein kantiges Kinn wird von einem Dreitagebart überschattet, die gerade, etwas zu große Nase fügt sich perfekt in sein Gesicht zwischen die zurückliegenden Augen. Er sieht noch genauso gut aus wie damals, als ich mit nichts weiter als einem Zettel wachgeworden bin, auf dem stand, dass er Abschiede hasst.

Ich hasse ihn.

Lüge! Ich seufze. „Warum hast du nicht Bescheid gegeben, dass du herkommst?"

Er zuckt mit den Achseln. „Es ist auch für mich eine Überraschung. Bis vorgestern hatte ich keine Ahnung, dass ich heute hier sein würde."

Zwei Tage, in denen er mich hätte anrufen können, wenn er gewollt hätte. Aber natürlich tut er das nicht. River liebt große Auftritte. Und dass er zurück nach Tofino gekommen ist, ist zweifellos eine riesige Überraschung. Verwunderlich, dass Tofinos Bürgermeister keinen roten Teppich ausgerollt hat und eine riesige Zeremonie für diesen Anlass abhält. Die Rückkehr von Tofinos Goldjungen ist sicher ein Spektakel wert. Ich schüttle den Kopf.

„Und warum bist du hier?"

„Ein Job."

„Ein Job?" Ich hebe eine Braue. Was zur Hölle soll

ein Eishockeyspieler in Tofino? Hier gibt es kein Team, nur eine verramschte Eishalle, in der im Winter die ortsansässige Highschool ein Eishockeyturnier veranstaltet und man für einen winzigen Obolus Eislaufen kann. Wenn man denn verrückt genug ist, das zu versuchen. Ich bin schon damit überfordert, mit beiden Beinen fest auf dem Boden zu stehen und unfallfrei durch die Welt zu stolpern.

„Yeah", antwortet er und streicht sich mit dem Daumennagel über seine Unterlippe. Leider verstummt er gleich wieder. Er scheint es nicht eilig zu haben, mir mehr zu erzählen. Verdammt! Wie soll ich das nur aushalten? River McLears Karriere ist in den letzten Wochen reichlich in der Presse thematisiert worden. Nicht, dass ich den Sportteil je wirklich lese, aber in dieser Stadt kommt man an diesen Infos nicht vorbei. Nun gut, vielleicht sehe ich den Sportteil doch ab und zu durch. Immer auf der Suche nach einem Schnappschuss von River.

„Wirst du mir mehr darüber erzählen?"

„Wenn ich auf deiner Couch schlafen kann?"

Ich hebe die Brauen. „Wie bitte? Auf meiner Couch?", echoe ich ungläubig. „River McLear braucht einen Platz zum Schlafen? Auf einer Couch? Ist das nicht unangemessen? Was ist mit der Luxussuite, von der du mir Fotos geschickt hast?"

„Ach weißt du, irgendwie haben diese Suiten ihren Reiz verloren. Ich ziehe ein Sofa vor, wenn ich dafür in deiner Gesellschaft sein kann." Ich erröte. Mist. Sein Charme ist ungebrochen. Und das ist das verdammt süßeste Kompliment, das ich vermutlich von ihm bekommen werde. Für alle Zeiten. „Außerdem möchte ich ungern Aufhebens darum machen, dass ich wieder da bin.“

Ich sehe mich um und beobachte die weiblichen Einwohner aus Tofino, die sich zu uns umdrehen und dadurch beinahe vor den nächsten Laternenmast laufen. „Tja, zu spät würde ich sagen.“ Abwartend verschränke ich die Arme vor der Brust. „Und das sind irgendwie verdächtige Äußerungen, vor allem, wenn sie von dir kommen. Du liebst doch den großen Auftritt.“

„Tja, Dinge ändern sich.“ Wieder streicht er sich durch sein Haar. Ein sicheres Anzeichen, dass er sich unwohl fühlt.

„Oder liegt es etwa daran, dass du deinem Vater aus dem Weg gehst?“

„Wem?“

„Deinem Vater! Craig McLear? Ehemaliger Bürgermeister von Tofino? Erinnerst du dich?“

Mit Erleichterung sehe ich, dass wenigstens ein Hauch von schlechtem Gewissen über seine Miene huscht. Er ist also doch kein gefühlloser Klotz.

„Du wirst also nicht zu ihm fahren?“

„Zu wem?“ Er weicht meinem Blick erneut aus und ich rolle mit den Augen.

„Du weißt genau zu wem. Und dieses Gespräch ist anstrengend.“

„Habe ich vorerst nicht vor.“

Ich hebe eine Braue und bohre meinen ausgestreckten Zeigefinger in seine durchtrainierte Brust. „Dein Ernst, River?"

Seine kräftigen Finger sind so groß, dass sie locker meine ganze Hand umschließen. Auf das warme Gefühl, das seine Berührung in mir auslöst, bin ich nicht vorbereitet. Verwundert sehen wir uns an. Rasch schüttle ich diesen Gedanken ab. Wie immer ist mein Innerstes in Aufruhr, sobald River in mein Leben poltert. „Das ist nicht so einfach, okay?"

Ich hebe eine Braue. „Mhm, lass mal überlegen. Ist es doch, wenn ihr endlich über eure riesigen Egos springen würdet. Ihr McLear-Männer seid allesamt unmöglich." Ich schnaube demonstrativ und entziehe ihm meine Hand.

„Warum ist dir eine Familienzusammenführung so wichtig, Lou?"

Wir sehen uns an und ich überlege, was ich ihm darauf sagen soll. Wie wird er darauf reagieren, wenn ich ihm erzähle, dass sein Dad, mit dem er sich verkracht hat, irgendwie zu meiner Familie geworden ist? Mehr als er es vorher schon gewesen ist.

„Wenn ich verspreche, ihn bald zu besuchen, lässt du mich dann auf deiner Couch schlafen?"

River McLear auf meinem Sofa? In einer winzigen Wohnung ohne ein separates Schlafzimmer? Das ist aus unzähligen Gründen die wohl schlechteste Idee überhaupt. Andererseits kann ich ihm nie etwas abschlagen.

„Wann wirst du ihn besuchen?", hake ich nach.

„Bald?"

„Eine Woche, dann musst du ihn besucht haben, ansonsten fliegst du raus."

Ein vertrautes Lächeln zeigt sich auf seinem Gesicht. „Danke, Beetle."

„Ich bereue es jetzt schon", entfährt es mir. „Warum lass ich mich nur jedes Mal wieder von dir einwickeln?"

„Weil du mir einfach nicht widerstehen kannst." Zu meinem Leidwesen ist da etwas dran. „Also ... darf ich dich wenigstens heimfahren?"

„Auf diesem Höllenteil?", frage ich entsetzt und schnappe nach Luft.

Er lacht und wirft dabei den Kopf in den Nacken. Dieser Klang lässt mich innehalten. Bewundernd sehe ich ihm dabei zu, wie er anschließend mit seiner Zunge über seine vollen Lippen streicht.

Sobald ich mich von diesem Anblick losreißen kann, schüttle ich den Kopf und sage entschieden: „Vergiss es."

„Und wie willst du nach Hause kommen?" Er deutet auf meine Schuhe und den abgebrochenen Absatz, den ich in der Hand halte.

„Was denkst du, hätte ich getan, wenn du nicht hier aufgetaucht wärst?" Aufmüpfig sehe ich ihn an. „Es wird dich vielleicht überraschen, aber die Mädchen hier sind sich nicht zu fein dafür, barfuß zu laufen. Und sie warten auch nicht darauf, dass ein Ritter mit zweifelhaftem Charme und Absichten herbeigeeilt kommt, um sie aus ihrer misslichen Lage zu befreien." Lässig winkle ich nacheinander beide Beine an und ziehe meine Schuhe aus. Mit nackten Füßen und kirschrot lackierten Nägeln stehe ich auf dem Asphalt. Anschließend sehe ich River triumphierend an. Zu meiner Verwunderung hält seine Miene keinen Spott für mich bereit. Er wirkt irgendwie vor den Kopf gestoßen, schluckt hart und kratzt sich verlegen am Hinterkopf, als er auf meine nackten Füße blickt. Oder bilde ich mir das nur ein? Dann räuspert er sich.

„Nur um das festzuhalten! Du ziehst es vor, in eine Scherbe zu treten oder – noch schlimmer – auf eine Nacktschnecke, als auf mein Motorrad zu steigen?“

Angewidert verziehe ich mein Gesicht. Daran habe ich nicht gedacht.

„Also ... das kann ich nicht zulassen. Als dein bester Freund liegt es an mir, dich sicher nach Hause zu bringen.“

Er greift neben sich und setzt mir ungefragt, aber liebevoll den Helm auf den Kopf. „Aber da liegt ja das Problem! Sicherheit und dieses Motorrad können gegensätzlicher nicht sein“, protestiere ich schwach.

Ich deute auf den Jeansrock, der mir auch jetzt schon nur bis übers Knie reicht und noch viel mehr nackte Haut preisgeben würde, wenn ich mich breitbeinig hinter ihn setzen würde. „Tja, wenn das nicht eine Show für die Kerle in Tofino ist. Besser könnte ich nicht einläuten, dass River McLear wieder da ist.“

Ich rolle mit den Augen, setze mich dann jedoch nicht rittlings auf seine Maschine, sondern so, als würde ich im Damensattel reiten.

River lacht wieder und sieht grinsend über seine

Schulter zu mir zurück. „Ich könnte auch nach einer Kutsche rufen lassen, aber ich fürchte, die Queen beansprucht gerade alle für sich."

Ich verpasse ihm einen Klaps, ehe ich meine Hände um seine Mitte schlinge. Sein Körper ist hart, ein gestählter Muskelberg. Nichts an ihm ist weich, bis auf sein Herz, das er jedoch niemandem so schnell preisgibt. Nicht mal mir, wenn es sich vermeiden lässt. Glücklicherweise kenne ich ihn viel zu gut, um mich von seiner harten Schale oder seinen Sprüchen abhalten zu lassen. Ich schlucke, als meine Hände seine ausgeprägten Bauchmuskeln durch das T-Shirt ertasten. Sofort wird mir heiß und ein wenig schwindelig. Nicht gut. Gar nicht gut. *Reiß dich zusammen, Lou!* River ist kein Typ für was anderes als zwanglosen Sex. Außerdem ist er mein bester Freund. Vor allem ist er das. Verdammt!

Dann startet River die Höllenmaschine, deren Motor mit einem dumpfen Grollen zum Leben erwacht. Die Vibration unter mir trägt nicht gerade dazu bei, dass sich meine Nerven beruhigen. Im Gegenteil.

„Also, bist du so weit?"

„Zu sterben?"

River lacht. „Oh, was hab ich dich vermisst, Lou Sullivan!"

Ich lächle und nicke zur Bestätigung. Er hat mir auch gefehlt. Und dann bedeute ich ihm, dass es losgehen kann. Nicht, weil ich mich wirklich bereit dafür fühle, sondern weil ich so schnell wie möglich hier wieder runter will, um zwischen River und mich einen Sicherheitsabstand von einem Meter zu bringen. Noch nie habe ich mich in seiner Nähe so gefühlt …

Er gibt Gas und mein Griff um seine Mitte wird fester. Plötzlich spüre ich, wie River seine Hand auf meine beiden miteinander verschränkten legt. Sie ist warm und so groß, dass er meine beiden bedeckt. Ich atme aus. Diese fürsorgliche Geste von ihm beruhigt mich. In diesem gut aussehenden Eishockeystar schlummert immer noch River. Mein River. Der Kerl, der gezwungenermaßen mit mir die Wälder von Tofino erkundet hat, damit ich meine Fotos machen konnte. Der Typ, der mir ins Wasser hinterhergesprungen ist, um mich vor dem Ertrinken zu bewahren. Der Junge, der mit mir Angeln gegangen ist, nur um all die Fische anschließend wieder zurückzuwerfen, weil ich allein bei der Vorstellung, ihnen etwas anzutun, in Tränen ausgebrochen bin. Der River, der jedes Jahr an Valentinstag dafür gesorgt hat, dass ich Schokolade geschenkt bekam, und immer behauptet hat, ich hätte einen heimlichen Verehrer. Der Kerl, der mich früher ständig aufgezogen, genervt und getriezt hat. Mit River zusammen zu sein, hat mich immer dazu verführt, mich aus meiner Komfortzone zu bewegen. Er hat mich herausgefordert, mich dazu angespornt, Neues zu probieren, und immer darauf geachtet, dass es mir dabei gut geht. Daran scheint sich nichts geändert zu haben. Oder?

DREI

LOU

„Du willst mich auf den Arm nehmen!“, wispert meine Schwester geschockt, die mit weit aufgerissenen Augen vor mir steht.

Mit der Lesebrille, die sie zurzeit trägt, weil sie mal wieder eine ihrer Kontaktlinsen verloren hat, erinnert sie mit den unnatürlich groß wirkenden Augen an eine Eule. Ich muss mir das Lachen verkneifen. Chaos scheint bei uns Sullivan-Schwestern irgendwie in den Genen zu liegen. Wobei bei Audrey noch der Schlafmangel und oftmals viel zu flinke Kinderhände hinzukommen, die das Chaos um einen unbekannten Faktor X verstärken.

„Du willst mich auf den Arm nehmen, oder? River McLear ist zurück? *Der* River? Der Kerl mit dem Eightpack, der schon damals die Finger von keinem Höschen lassen konnte, das nicht bei drei auf einem Baum war?“

Ich rolle mit den Augen. „Ja, der River.“ Ganz so drastisch, wie meine Schwester es ausdrückt, ist es nicht gewesen. Obwohl ...

„Und er schläft auf *deinem* Sofa? *In dieser Winzbude?*"

In der Tat war mir meine Wohnung gestern Abend viel zu klein vorgekommen, nachdem River sie betreten hatte. Dabei mag ich sie wirklich gern. Für mich ist sie einfach perfekt. Vor allem, so lange ich nur dreißig Stunden als persönliche Assistentin für den Gründer eines Start-up Unternehmens arbeite. Es bringt mir genug Geld, um über die Runden zu kommen, lässt mir aber auch genug Zeit, um Audrey bei der Betreuung ihrer Tochter Ally zu unterstützen und weiter zu fotografieren. Fotos zu machen, ist meine große Leidenschaft. Fotos von Tofino und seinen Einwohnern, dieser unglaublich schönen Kleinstadt an der Westküste von Vancouver Island. Für mich ist dieser Ort ein kleines Stück vom Paradies. Hier tickt die Uhr irgendwie langsamer. Und hier befinde ich mich in der Nähe der ergreifenden Natur, eines einladenden dichten Waldgebiets direkt an der Küste mit langen Sandstränden, wo sich Wellen brechen, die sich perfekt zum Surfen eignen. Hier leben etwas mehr als zweitausendfünfhundert Einwohner, die allesamt wie eine verschworene Einheit zusammenhalten. Noch nie bin ich auf die Idee gekommen, diese Kleinstadt verlassen zu wollen. Etwas, das River und mich kolossal voneinander unterscheidet. Während er kaum schnell genug wegkommen konnte, denke ich nicht mal daran, von hier fortzugehen.

„Ich erinnere mich vor allem an Sandkuchen, den wir gebacken, und Segelausflüge und Partys, die wir gemeinsam unsicher gemacht haben."

„Das ist aber lange her. Das war, bevor du richtige Möpse bekommen hast, Kleines. Warte ab, bis ihm die beiden auffallen." Sie deutet auf den V-Ausschnitt meines Shirts, der die beiden in Szene setzt.

„Audrey", entfährt es mir. „Sprich bitte leise. Er ist im Bad."

Sie schüttelt immer noch den Kopf und vergisst sogar kurzzeitig, den Kinderwagen zu schunkeln, in dem meine entzückende kleine Nichte Ally schläft. Oder auch Teufelsbrut, wie meine Schwester sie an den meisten Tagen zu nennen pflegt.

„Ich fasse es nicht, dass er wieder da ist. Was will er nur hier?"

Ich zucke mit den Achseln, kann mir aber ein genervtes Seufzen nicht verkneifen. Seit meine Schwester vom Vater ihres Kindes kurz vor der Entbindung im Stich gelassen worden ist, kann kaum ein Mann ihre Gunst gewinnen. Vor allem keine Höschenjäger, wie sie River seit jeher nennt. „Er hat etwas davon erzählt, ein Angebot bekommen zu haben, das er nicht ablehnen konnte. Dann haben wir vor allem über alte Zeiten gesprochen, ehe wir eingeschlafen sind."

Ich erwähne wohlweißlich nicht, dass wir dabei in meinem Bett gelegen hatten und am Morgen viel zu nahe beieinander aufgewacht waren. Auch wenn wir dabei bekleidet waren, hatte dieses Aufwachen etwas Anrüchiges. Ich will es zwar nicht zugeben, schon gar nicht vor Audrey, die nach ihrer Trennung von diesem Loser von einem Kerl nur das Schlechteste in jedem Mann sehen will. Und ein kleiner, natürlich unbedeutender, Teil in mir gibt ihr recht. River so nah zu sein, löst etwas in mir aus. Etwas Verbotenes. Verdammt!

„Also ... was will er von dir? Quartiert sich hier ein und kommt, wie es ihm passt?"

„Audrey, deine Sorge ist absolut unbegründet. Wir sind vor allem Freunde. Das weißt du doch. Es ist River, der Typ, der mich aus dem Meer gefischt hat, erinnerst du dich? Der Kerl mit dem breiten Grinsen und ..."

„... dem heißesten Body aller Zeiten?", wispert sie erstickt und reißt erneut ihre Augen auf. Ich wünsche mir, sie würde das nicht ständig tun. Jedes Mal drängt sich mir ein Lachen auf, das ich unbedingt unterdrücken muss. Ich folge ihrem Blick und sehe River, der nur mit einem Handtuch um die Hüften aus dem Bad kommt und eine Wolke aus Wasserdunst hinter sich herzieht. Sein Körper erinnert an den eines alten griechischen Gottes, den Michelangelo sicherlich nur zu gern zeichnen würde. Würde er noch leben. Mein Eindruck vom Vortag erhärtet sich. Jeder Muskel ist vom konsequenten Training klar definiert. Seine Haut schimmert leicht bronzefarben, als hätte er zu viel Zeit am Strand verbracht. Ein paar Tattoos zieren seinen Körper wie unaufdringlicher Schmuck, darunter auch die Sieben direkt unter seinem Schlüsselbein, wie ich nur zu genau weiß. Es ist ein Partner-Tattoo, das ich ebenfalls an meinem Handgelenk verewigt trage und das eine besondere Bedeutung für uns und unsere Freundschaft hat. Magie ... Eine schmale Spur aus dunklen Härchen bahnt sich ihren Weg von seinem Nabel hinunter und verschwindet unter seinem Handtuch. Kein Gramm Fett befindet sich an seinem Körper. Alles wirkt so gestählt, wie ich es am Tag zuvor bereits gespürt hatte, als ich mich wie ein verängstigtes Äffchen an ihn geklammert hatte. Ich schlucke gegen die ausgedörrte Kehle an und schaue rasch fort, als er belustigt seine Hand hebt und uns dabei ertappt, wie wir ihn anstarren. Audrey ungeniert und mit Sabberspur am Kinn, ich wie ein unsicheres Schulmädchen mit hochrotem Kopf. Verdammt! Als wäre er der erste Mann, den ich nackt sehe. Pah!

„Hallo", raunt er mit rauer Stimme und ich schwöre, ich höre Audreys hektisches Schlucken.

„Du bist doch Lous Schwester, nicht wahr? Die jüngere, oder?" Er zwinkert mir zu. Audrey lächelt auf diese nervtötend verträumte Art und Weise. Natürlich hat er sie sofort um seinen feingliedrigen kleinen Finger gewickelt. Dieser blöde Charmeur. Ich rolle mit den Augen und seufze laut. River dabei zuzusehen, wie er mit seiner Redegewandtheit reihenweise Frauen abschleppt, hat mich schon immer ermüdet. Auch jetzt, da er es bei meiner Schwester abzieht, nervt es mich nicht weniger.

„Ich habe keine jüngere Schwester", entfährt es mir knapp.

„Oh, echt?", fragt er und grinst so breit, dass ich ihm seine Neckerei sogleich verzeihe.

Ich ziehe eine Schnute und stoße den Atem prustend aus, wodurch meine Locken, die in meine Stirn fallen, in die Luft fliegen. „Wir beide wissen, dass du das genau weißt. Genauso wie du dich daran erinnerst, dass ich an meinem Abschlussball diesen riesigen Pickel hatte, womit du mich gestern noch aufgezogen hast."

„Ich erinnere mich viel mehr daran, dass dein Dad mir Schläge angedroht hat, wenn ich nicht darauf achtgebe, dass dieser Paul seine Finger von dir fern und bei sich behält."

Ich werfe ihm einen bitterbösen Blick zu und rühre eifrig in meinem zweiten Kaffee. „Was zweifellos geklappt hat."

Er grinst und streicht sich selbstzufrieden über die Brust. „Ich bin quasi dein Jungfernhäutchen-Hüter."

Ein Prusten entringt sich Audreys Kehle.

Ich sehe ihn finster an. „Glücklicherweise nur an dem Abend. Deine lange Abwesenheit während der letzten Jahre hat mir ein wunderbar erfülltes Sexualleben ermöglicht", sage ich und nehme einen großen Schluck aus meiner Tasse, die die perfekte Mischung Kaffee, Milch und Zucker enthält. Erst als ich die Augen wieder öffne, sehe ich zu ihm und Audrey zurück und bemerke, wie sein Grinsen verrutscht. Seine Miene sieht aus, als hätte ihm jemand eine Ohrfeige versetzt. Ich sozusagen. Ich liebe diese Schlagabtausche mit ihm.

Ungefragt greift er nach meiner Kaffeetasse, hebt sie ebenfalls an die vollen Lippen und trinkt daraus. Ohne mich aus den Augen zu lassen. Was hat er denn bitte gedacht? Dass ich noch Jungfrau bin? Warum soll River sich überhaupt Gedanken um meine Vagina machen? Ein angenehmer Schauer jagt über meine Haut und ich frage mich, ob das etwas mit dem dezenten Durchzug zu tun hat, der durch das geöffnete Fenster im Bad entstanden ist.

„Jetzt bin ich ja glücklicherweise wieder da", fügt er lachend hinzu und sein teuflisches Grinsen vertreibt das zufriedene warme Gefühl in meiner Mitte. „Ich kann eine Menge Nasen brechen ...", knurrt er mit entschlossener Miene.

„Wie bitte?", gebe ich wenig einfallsreich von mir. „Ich bin eine erwachsene Frau und kann sehr gut auf mich allein aufpassen." Entschlossen hebe ich mein Kinn in die Höhe.

„Darüber musst du dir jetzt keine Gedanken mehr machen."

Sprachlos starre ich ihn an. Meint er das etwa ernst?

„Ich habe Sex! Wilden, hemmungslosen Sex mit jedem fremden Kerl, wenn ich will", rufe ich erbost und füge hinzu: „Oder Frau - selbstverständlich."

Verdattert sieht er mich an. Dieses Mal ist es mehr als bloß eine Ohrfeige. Dieses Mal verzieht er schmerzhaft sein Gesicht, als hätte ihm jemand hart in den Magen geboxt. Was zur Hölle denkt er sich? Dass er hier nach Jahren ohne Vorwarnung auftauchen und mein Leben auf den Kopf stellen kann? No Way!

„Ähm", macht meine Schwester auf sich aufmerksam und räuspert sich. Sie habe ich ja total vergessen. „Also ihr klingt beinahe wie Grandpa und Nana an ihrer Goldhochzeit. Erinnerst du dich, Lou?"

Ich sehe sie scharf an und Audrey macht das einzig Richtige, was diese Situation entschärfen kann.

„Ich lass euch dann besser mal allein und bin weg. Kommst du dann morgen Abend rüber? Meine Schicht geht bis zehn Uhr ungefähr."

„In Ordnung", bestätige ich.

Mit einem letzten langen Blick auf Rivers beinahe nackten Körper verlässt Audrey mit dem Kinderwagen und der schlafenden Ally darin meine *Winzbude*. Ich hole erleichtert Luft, als die Tür hinter ihr ins Schloss fällt.

„Nun gut", bricht River plötzlich das Schweigen und trinkt meinen Kaffee aus. „Der war köstlich." Er reicht mir die leere Tasse, nach der ich automatisch greife. Unsere Finger berühren sich sekundenlang und dieser simple Kontakt versetzt mir einen elektrisierenden Schlag, der in Form von angenehmer Hitze meinen Arm hinaufströmt. Erschrocken starren wir uns an. Die Hitze fließt durch meinen Körper, sammelt sich in meinem Magen und sinkt in meinen Schoß. Plötzlich wird mir nur allzu bewusst, dass er unter diesem verflixten Handtuch nichts anhat. Ein Windhauch und er stünde nackt da. Komplett nackt. Warum zum Teufel wird mir ausgerechnet jetzt bewusst, dass River einen Penis hat? Einen großen vermutlich.

O Gott, Lou! Du brauchst dringend ein Gedankenkon-

dom. Habe ich mich nicht darüber geärgert, dass River offenbar gerade erst klar geworden ist, dass ich Sex habe? Tja, ich würde sagen, wir sind quitt, wenn ich erst jetzt an seinen riesigen Penis denke. Was Rivers Sexleben angeht, mache ich mir keine Illusion. Beth Pearsons Höschen hat er ergattert, wie so viele andere nach ihr. River ist ein Player, wie er im Buche steht. Es wird wahrscheinlich nicht lange dauern, bis er sämtliche Schlafzimmer alleinstehender Frauen in Tofino wie seine Westentasche kennt. Grimmig verziehe ich meine Miene. Entsetzen erfüllt mich, als mir klar wird, wie schlecht meine Laune beim bloßen Gedanken daran wird. Warum zum Teufel macht mir das was aus?

„Ich gehe wohl besser und ziehe mir etwas an. Ich habe gleich ein Treffen mit meinem neuen Boss."

„Es ist also dein Ernst, dass du hierbleiben willst?", frage ich und spüre, wie mein Innerstes gespannt auf die Antwort wartet.

„Es ist nicht so, als hätte ich eine andere Wahl." Er wird also bleiben. Auch wenn es kein eindeutiges Ja ist. Diese Antwort hinterlässt eine perfide Mischung aus Enttäuschung und Erleichterung in mir. *Verflucht!*

„Warum?", frage ich, obwohl ich die Antwort zu kennen glaube. Immerhin geht der riesige Skandal um River und seinen Rauswurf aus dem Team seit Wochen durch die Presse. Die Nachrichten sind so penetrant, dass sogar ich es mitbekommen habe.

Er zuckt mit den Achseln und trommelt mit seinen langen feingliedrigen Fingern auf der Arbeitsplatte herum. „Es gab da einen Vorfall ... vielleicht hast du davon gehört."

„Nein", lüge ich und spüre, wie die verräterische Hitze in meine Wangen steigt.

„Ich kann dir ansehen, wenn du lügst, Beetle. Vergiss das nicht. Dann rümpfst du deine Nase so niedlich."

Ich berühre meine Nase und verstecke sie hinter meiner Hand. „Gar nicht."

„Halten wir einfach fest, wenn ich eine andere Wahl hätte, wäre ich nicht hier." Aus irgendeinem nicht näher definierten Grund treffen mich seine Worte unerwartet hart. Ich weiß natürlich, dass er nicht mich persönlich meint. Dabei geht es um etwas Anderes. Um seine Eltern, den Tod seiner Mom, den er nie verschmerzt hat, und um den immensen Streit mit seinem Dad, der einen Krater zwischen die beiden gezogen hat, der dem Grand Canyon gleicht. Und dennoch schmerzt es unerwartet stark. *Es spielt keine Rolle, wieso er zurückgekommen ist, Lou. Er ist dein Freund. Dein bester Freund.* Die gedankliche Ermahnung wird vermutlich zu meinem neuen Mantra werden.

„Also bleibt mir nichts anderes übrig, als Kanes Angebot anzunehmen."

„Kane?", frage ich überrascht. „Kane Parker?"

„Genau der."

Ich hebe überrascht eine Braue. Kane war damals auf der Highschool überaus beliebt und er ist ein verdammtes Genie. Alles, was ich von ihm weiß, ist, dass er im Silicon Valley mit einem sehr erfolgreichen Start-up Millionär geworden ist. Es muss eine große Nummer sein, wenn er ebenfalls wieder da ist. „Und ihr werdet was genau tun?“

„Na, was schon? Das, was ich am besten kann. Eishockey spielen.“ Nun grinst River. „Wir werden ein neues Team gründen. Die Tofino Bears.“

VIER

RIVER

Ich parke mein Motorrad vor einem riesigen sanierungsbedürftigen Backsteingebäude. Sobald ich den Helm von meinem Kopf nehme, fahre ich durch mein Haar, wodurch es hoffentlich verwegen von meinem Kopf absteht, und betrachte den Komplex eingehend. Er ist unscheinbar, geradezu heruntergekommen und erinnert an eine alte Lagerhalle. Über dem Eingang prangen die Lettern Ice Station, wovon das S bedrohlich schräg hängt, als warte es nur auf den nächsten Sturm, um herunterzufallen. Uff. Diese Halle ist keinesfalls mit den Eishallen zu vergleichen, in denen ich vorher gespielt habe. Worauf zum Teufel habe ich mich da nur eingelassen? Andererseits ... Was habe ich erwartet? Dies ist Tofino. Eine Kleinstadt mit kaum dreitausend Einwohnern. In meiner Jugend hat das damals aktive Team aufgehört und seitdem ist hier offensichtlich nicht mehr viel los gewesen.

Ich hänge den Helm an meine *Kawasaki* und laufe über die kaum befahrene Straße. Ich versuche mein Glück an der Tür des Haupteingangs, obwohl daran steht, dass wegen Umbauarbeiten geschlossen ist. Ich habe dennoch Glück. Es ist geöffnet. In dem großen Vorraum hallt jeder Schritt dumpf wider, den ich mit meinen schweren Lederboots mache. Es riecht unangenehm stark nach Baustoffen und Farblacken und der Geruch wird noch stärker, als ich durch die nächste Tür schreite.

„Hallo?", rufe ich, doch niemand reagiert. Ich folge dem lauten Hämmern und Bohren und komme vor einer der Umkleidekabinen zum Stehen. Vorsichtig werfe ich einen Blick hinein und staune nicht schlecht, als ich die abgeschlagenen Wände sehe. „Heilige Scheiße", stöhne ich. Ich bin in einer verdammten Bruchbude gelandet.

„Ah, River, mein Freund. Da bist du ja", höre ich jemanden sagen und drehe mich zu ihm um. Kane. Groß, gut aussehend und schlank, mit welligen Haaren und dem üblichen breiten Zahnpastalächeln, das ihn schon damals auf der Highschool zum absoluten Schwarm der Mädchen gemacht hat. „Du bist tatsächlich hier", freut er sich. Er schlägt in meine dargebotene Hand ein und nimmt mich herzlich in den Arm. „Ich kann es immer noch nicht glauben."

„Ja, ich auch nicht", gebe ich unumwunden zu und sehe mich zu der Kabine um, aus der eine Wolke Baustaub herausdringt. „Wozu hast du mich da nur überredet?"

„Ich hatte wohl Glück im Unglück, dass das Schicksal

dir nicht so wohlgesonnen war. Anders hätte ich dich sicherlich nie dazu überredet bekommen, hierher zurückzukommen."

„Worauf du einen lassen kannst", sage ich aufrichtig und deute auf die besagte Bruchbude. „Was soll das werden?"

„Ach, das ist nur die Umkleidekabine für die Gäste. Komm mit und sieh dir lieber unsere Kabine an. Es wird auch Zeit, dass du ein paar andere aus dem Team kennenlernst."

Ich folge ihm bis er vor einer Tür stehen bleibt. Er nimmt die Klinke in die Hand, drückt sie jedoch nicht gleich hinunter, sondern dreht sich mit einem breitem Grinsen im Gesicht zu mir um. Spannungsgeladen macht er mit der freien Hand eine einladende Geste und öffnet endlich dieser verdammte Tür. Unter anderen Umständen hätte ich über seine schreckliche schauspielerische Leistung gelacht. Nicht jedoch jetzt, wenn ich ernsthaft daran zweifle, dass in dieser Bruchbude ein Team heranwachsen soll, das allseits respektiert werden soll und es sogar mit dem Rest der *FNHL* aufnehmen kann. Die gute Nachricht ist: Zumindest kommt aus dieser Kabine keine riesige Staubwolke heraus. Es sieht sogar erstaunlich hell und sauber aus. Neugierig komme ich näher und sehe neue, weiß geflieste Wände, Spinde rechts und links an der Wand. Der Raum mündet in den Bereich der Duschen. Doch das, was mich wirklich beeindruckt, ist das in den Boden eingeprägte blaue Bärenlogo der *Tofino Bears*. Das sieht richtig geil aus.

Ich sehe Kane an, der mich mit hochgezogenen Brauen erwartungsvoll ansieht. „Na? Bereit, dich ausgiebig zu entschuldigen?"

Ich seufze und schüttle den Kopf. „Okay, ich gebe zu, es sieht ziemlich gut aus. Aber dennoch stelle ich mir ernsthaft die Frage, wie du in der Kürze der Zeit das hier alles fertigstellen lassen willst, um keine Lachnummer für die anderen Profimannschaften zu werden? Ganz zu schweigen davon, ein Team aufzubauen, das konkurrenzfähig ist."

„Also ..." Kane kommt auf mich zu und legt mir eine Hand auf die Schulter. „Zuerst einmal darfst du nicht so negativ sein. Alles wird gut werden. Um das hier ..." Er umschreibt den Raum, oder eher den gesamten Komplex, mit einer ausladenden Armbewegung. „... machst du dir bitte keine Gedanken. Ich zahle den Handwerkern genug Geld, dass sie ihren Job erledigen. Und was das Team angeht ... dafür bist du hier."

Mir entfährt ein nervöses Lachen. „Hast du eine Ahnung, wie schwer es werden wird, Leute für dieses Team zu gewinnen? Die Drafts sind durch und ..."

„... wir werden aus den Underdogs schöpfen. Aus den verschmähten Rohdiamanten, die auf dem Papier unattraktiv aussehen."

Ich starre ihn an. „Aus dem Abfall, der sich als zu schlecht für die *FNHL* entpuppt hat?"

„So wie du?", entwaffnet er mich verbal. Verdammt, ja. Ich gehöre jetzt auch offiziell zum aussortierten Abfall.

„Ich wüsste niemanden, der sich besser dafür eignet, mein Team Captain zu sein."

„Hast du sie noch alle? Ich und Disziplin? Ich bin gerade wegen ungebührlichen Verhaltens aus meinem Team geflogen, weil ich meinem Trainer die Nase gebrochen habe."

„Wofür es einen guten Grund geben muss, den du nur niemandem erzählt hast, richtig?"

Ich schweige, weil jedes Wort, das ich dazu sagen könnte, eins zu viel wäre. Kane ignoriert meinen Einwand und fährt fort. „Wir haben einen Trainer, ein paar Spieler, einen Haufen Kohle und dich. Du bist die Schlüsselperson, die den Jungs die nötige Disziplin und den Teamgeist vermitteln kann, damit sie zu einem richtigen Team zusammenwachsen können."

„Bloß keinen Druck", entfährt es mir und ich lehne mich an einen der Spinde.

„Hast du jemals eine Herausforderung abgelehnt?"

„Niemals", antworte ich reflexartig und streiche mit meinem Daumennagel nachdenklich über meine Bartstoppeln am Kinn. Am Morgen habe ich versäumt, mich zu rasieren, weil Lou das Bad blockiert hatte. Lou, deren Arsch in den knappen Shorts so verlockend ausgesehen hatte. Etwas, das mir nicht hätte auffallen sollen. Immerhin war es Lou. Und die Tatsache, dass sie offenbar regelmäßig Sex hat und sie sich auch noch derart ungeniert darüber äußerte, war für meine miese Stimmung am Morgen verantwortlich gewesen. Grumpy River in Bestform könnte man sagen. Allein die Vorstellung, irgendein

Kerl würde Lou, meine Lou, auf seinen Eiern balancieren, macht mich zu Hulk. Okay, ohne das Grün. Dabei bin ich selbst kein Kind von Traurigkeit. Ich bin es, der die Frauen pflückt, als seien sie Früchte in einem öffentlich zugänglichen Obstgarten. Ich bin nicht mal bereit, mich auf eine einzige Sorte festzulegen.

„Also? Nimmst du diese Herausforderung an?", fragt Kane und reißt mich damit aus meinen kuriosen Gedankengängen.

Ich grinse schief und klatsche in die Hände. „Auf jeden Fall. Was denkst du denn?"

Kane grinst zufrieden und bedeutet mir, ihm zu folgen. „Es wird Zeit, dass du das Trainerteam und Brenda kennenlernst."

„Wer ist Brenda?", frage ich.

„Eine der guten Seelen des Teams. Du wirst schon sehen. Komm, ich zeig dir vorher noch den Rest der Halle."

Zuerst führt Kane mich den Gang entlang, wo sich verschiedene Räume aneinanderreihen. Der Raum des Mannschaftsarztes, Räume für Physiotherapeuten, ein großer und erstaunlich gut ausgestatteter Trainingsraum, Kanes Büro und viele weitere Büros für die Mitarbeiter hinter der nächsten Ecke. Dann laufen wir an der Eisfläche vorbei und Kane stellt mir den Hausmeister Rick vor, der sich auch um die Eismaschine kümmert, und die alte Bertha, wie er sie nennt, nach ein paar Startschwierigkeiten zum Laufen bekommt.

Dann verlassen wir die Halle durch den Vordereingang, überqueren die Straße, um zum Diner zu gehen, das gegenüber der Eishalle liegt. Über dem Eingang steht der Name *Brenda's*. Dieses Lokal kenne ich noch aus meiner Jugend. „*Die* Brenda!", sage ich und lache. Das *Brenda's* ist eine Mischung aus Restaurant und Kneipe, in der man den besten Seelachs auf der Insel bekommt. Die Inhaberin und Namensvetterin der gleichnamigen Bar ist eine leicht untersetzte ältere Frau, der man ihr wahres Alter nur an den unzähligen Fältchen um ihre Augen herum ansieht. Wobei ihr Outfit und ihr saloppes Auftreten so 70'er Jahre ist, dass es den Anschein hat, sie hätte ihre beste Zeit noch vor sich. Ihre langen grauen Haare sind heute zu Zöpfen geflochten, in die bunte Bänder mit hineingearbeitet sind. Sie trägt Schlaghosen und ein Batik-Shirt, das sie an der Hüfte zusammengeknotet hat.

„Kane", ruft sie, als wir uns ihrer Bar nähern, hinter der sie steht und einem Gast Kaffee eingießt. „Und wer ist dieser junge hübsche Kerl? Das gibt's doch nicht! Ich glaube, meine Augen spielen mir einen Streich. Das ist doch nicht etwa der Hitzkopf River McLear? Hast du mir nicht mal einen Teil meiner Bar verwüstet?", fragt sie streng und blickt über den Rand ihrer Lesebrille zu mir.

„So viel zum Thema ich soll Captain werden", murmle ich zu Kane. An Brenda gewandt füge ich hinzu: „Woran ganz allein meine Hormone schuld waren. Und zur Beruhigung aller: Ich habe die Situation seither unter Kontrolle."

„Bist du deswegen aus dem Team geflogen?", mischt sich jemand ein, den ich noch nicht kenne. Ein untersetzter Mann, der mir kaum bis zur Schulter reicht. Dafür macht er das Defizit mit seiner Körperfülle wieder wett. Er nickt Kane zu, der grinsend zwischen uns steht. Seine Augen gleichen schmalen Schlitzen und ich spüre die Vorbehalte wie ein riesiges Schild zwischen uns. „Darf ich vorstellen? River McLear, neuer Stürmer der Tofino Bears, und Frank Keller, Headcoach derselben."

Missmutig nickt er mir zu, dann wendet er sich an Brenda und wir nehmen am Tisch Platz. Das kann ja lustig werden.

FÜNF

RIVER

Als ich am Abend zurück in Lous Wohnung komme, schläft sie bereits. Ich kann es ihr nicht verübeln. Es ist spät. Der Tag ist lang gewesen, denn ich habe es mir nicht nehmen lassen, noch ein paar alkoholfreie Bier mit Kane zu trinken. Es ist ein guter Abend gewesen, auch wenn es mich enttäuscht, nicht mehr mit Lou reden zu können. Langsam trete ich näher an ihr Bett, auf dem sie sich wie eine Katze eingerollt hat. Sie hält einen Fotoband an ihre Brust gedrückt. Sie trägt nur knappe Shorts und ein Trägertop, weil es ziemlich warm ist. Passend dazu dicke Kuschelsocken, und ich muss lächeln. Seit ich Lou kenne, hat sie immer kalte Füße. Selbst bei Höchsttemperaturen trägt sie warme Socken. Verdammt, sie ist eine unglaubliche Schönheit geworden. Das letzte Mal, als ich sie richtig gesehen habe, liegt schon ein paar Jahre zurück. Danach hatten wir immer noch regelmäßig Kontakt, aber eben nicht mehr im echten Leben. Genau genommen war Lou schon immer eine Schönheit gewesen, wenn auch nicht im klassischen Sinn. Sie mag keine Modelmaße haben. Ihre Figur ist sehr schlank und sie ziemlich klein. Das macht sie jedoch mit ihrem Temperament wieder wett. Es gibt niemanden, der mir mehr die Hölle heiß machen kann. Sie nimmt kein Blatt vor den Mund. Niemals. Ganz im Gegensatz zu so vielen anderen. Sie sind alle viel zu bestrebt darin, mich nicht vor den Kopf zu stoßen, als wirkliche Freunde zu sein. Doch Lou interessiert das alles nicht. Sie hat nicht mal was für Sport übrig und keine Zeit für solche lächerlichen Dinge wie Ruhm. Schon immer habe ich sie dafür bewundert, wie fest sie mit beiden Beinen auf dem Boden in Tofino steht. Sie hat immer schon genau gewusst, wo sich ihr Platz auf der Welt befindet. Ich hingegen bin ziellos durch den ganzen Kontinent gereist und weiß noch immer nicht, wo ich wirklich hingehöre. Seit dem Tod meiner Mom vor fünf Jahren habe ich meinen Anker verloren.

Und was Lous Schönheit betrifft? Die feinen Gesichtszüge, die großen grünen Augen und die kleine Stupsnase lassen sie niedlich wirken. Ein Trugbild, denn sie besitzt einen Haufen Feuer und ich bin jedes Mal froh, wenn nicht ich ihr Ziel bin, sobald ihr Temperament hochkocht. Doch nichts ist so schön wie ihr Lächeln. Sobald sie es zeigt, geht mein Herz auf. In all den Jahren, die ich fort gewesen bin, habe ich mich nicht mehr so gefühlt.

Einige Strähnen ihrer wilden Lockenpracht, die ihr

hübsches Gesicht umgibt, kringeln sich ihren Hals hinab und ich strecke meine Hand aus, um sie vorsichtig zurückzustreichen. Es ist eine unbewusste Regung, etwas, über das ich nicht nachdenke. Impulsiv. Ich gebe damit einem inneren Drängen nach. Ich kann es nicht erklären, aber seit ich ihr wiederbegegnet bin, schaffe ich es kaum, sie nicht anzustarren. Plötzlich frage ich mich, ob ihre Haut so seidig ist, wie sie erscheint. Wie sie wohl duftet und schmeckt? Wie ihr Herzschlag sich wohl anfühlt, wenn ich meine Handfläche auf ihre Brust lege? Sind ihre Brustwarzen hell oder dunkel? Und wie klingt mein Name aus ihrem Mund, wenn sie ihn lustvoll stöhnt? *River McLear!* Entsetzt schüttle ich den Kopf und ziehe hastig das Bettlaken über ihren Körper. Plötzlich weiß ich nicht mehr, wen ich nun schützen möchte. Sie oder mich? Anschließend setze ich mich behutsam auf die Bettseite und vergrabe mein Gesicht in meinen Händen. Ich bin das Letzte. Ich seufze und streiche durch mein Haar.

Langsam öffnet sie ihre Augen. „River?“

Meinen Namen aus ihrem Mund zu hören, ist aus unerfindlichen Gründen beflügelnd.

„Schlaf weiter“, sage ich leise und lächle. „Ich wollte dich nicht wecken.“

LÜGNER!

Und dann tut sie mir den Gefallen und lächelt. Schläfrig und nur leicht, aber es macht mich sehr glücklich, sie so zu sehen. Den Grund dafür analysiere ich lieber nicht. Sie dreht sich um und bedeutet mir, mich hinter sie zu legen. Die Versuchung ist groß, doch plötzlich traue ich meiner Impulsivität nicht mehr. Schließlich bin ich gerade noch gedanklich in Lobeshymnen über meine beste Freundin verstrickt gewesen. Die Frau, mit der ich als Junge fischen war, die mich in so ziemlich jeder komprimierenden Situation gesehen hat und dennoch mein bester Kumpel ist. Alles, was ich brauche, ist eine Dusche. Eine möglichst kalte Dusche, damit ich meine seltsamen Gedanken und Gefühle, die für die ausgeprägte Beule in meiner Hose verantwortlich sind, loswerde. Wahrscheinlich ist eines von Kanes Bieren schlecht gewesen. So muss es sein.

Am nächsten Morgen bin ich der Erste auf dem Eis und genieße das Knirschen der frischgeglätteten Eisfläche, für die die alte Bertha gesorgt hat. Das ist es. Dieser Moment. Jetzt verspüre ich Ruhe und Frieden. Nichts außer mir und dem Knirschen des Eises, das unter dem Gewicht meines Körpers nachgibt. Ich liebe es. Schnell ist es mit der Ruhe vorbei. Ich höre Musik und Stimmen. Dazu gesellt sich ein polterndes Geräusch. Ich sehe auf die Uhr. 9.37 Uhr und niemand ist zu sehen. Niemand außer dem Coach. Wo zum Teufel sind die angekündigten Spieler? Was zur Hölle ist hier los? Coach Keller läuft am Rand bereits auf und ab. Mit jeder Sekunde, die verstreicht, pulsiert die Ader auf seiner Stirn bedrohlicher. Ich kenne den Typ nicht. Keine Ahnung, wo Kane ihn ausgegraben hat, aber ich fürchte, dass er das, was ihm an Größe fehlt, an Lautstärke wettmacht. Das ist immer ein Zeichen von Schwäche. Jemand, der laut werden muss, um sich Gehör zu verschaffen, ist schwach. Es vergehen weitere fünf Minuten und langsam werde ich ungeduldig. Das ist eine meiner größten Schwächen. Verdammt.

Ich unterbreche meine Auszeit, gehe vom Eis und folge den unüberhörbaren Geräuschen. Rick nickt mir kurz zu, als ich an ihm vorbeilaufe. Das ungute Gefühl in meiner Magengegend nimmt mit jeder Sekunde, die verstreicht, weiter zu. Dann stoße ich die Tür zur Kabine auf und sehe, wie ein paar Kerle um zwei junge Burschen herumstehen, die sich auf dem großen Logo der *Bears* herumwälzen. Wenn das nicht symbolisch ist. Verdammte Scheiße!

Ich muss die Worte nicht nur gedacht, sondern laut ausgerufen haben, denn mit einem Mal sind zumindest die Jungs am Rand ruhig. Bei den beiden Kampfhähnen sieht die Sache schon anders aus. Die brauchen etwas länger und kommen erst runter, als ein Typ mit grauen Schläfen einen von ihnen packt und ich den anderen. Feindselig starren sie sich an und gehen dazu über, sich wüst zu beschimpfen.

„Ruhe“, donnere ich lautstark und bin nun im Fokus der anderen. „Was zur Hölle ist hier los?“

„Dieser Typ hat behauptet, die *Red Wings* haben ihre Unparteiischen beim letzten Spiel geschmiert, und dass wir nur deswegen seine Mannschaft haben schlagen können.“

Ich starre von einem zum anderen. „Deswegen habt ihr euch gerade die Nasen blutig geschlagen?“ Ich hebe eine Braue, stoße ein lautes Lachen aus, ehe ich ruckartig wieder ernst werde. „Euer Ernst?“

Verlegen senkt zumindest der Typ, der gesprochen hat, seinen Blick. Der andere denkt nicht mal daran. Er grinst frech und zuckt nur achtlos mit den Achseln, dann reißt er sich von mir los. Ich überrage ihn um mindestens einen Kopf, was ihn zum kleinsten Spieler macht, den ich kenne. Er hat stechend dunkle Augen und schaut mich arrogant an. „Ich sage nur die Wahrheit ...“

„Es ist mir egal, für welches Team ihr bislang gespielt habt und wie ihr bisher aufeinandergetroffen seid. In dem Moment, als ihr diese Eishalle betreten habt, seid ihr ein Team geworden. Ihr gehört jetzt zu den Tofino Bears, und auch wenn ich keine Ahnung habe, was das genau bedeutet und wo uns das alles hinbringen wird, hört ihr auf, euch zu prügeln. Klar so weit?“

Einen nach dem anderen sehe ich an und ich erkenne so was wie Verständnis. Nur nicht in dem Gesicht, das mir am nächsten ist und das zu dem dreckig grinsenden Kerl gehört, den ich bis vor wenigen Momenten noch festgehalten habe. „Bist du nicht River McLear?“

Ich spanne die Schultern an und balle die Hände zu Fäusten. „Der bin ich.“

„Und ausgerechnet du hältst uns eine Strafpredigt, was Gewalt im Team betrifft? Das ich nicht lache.“

Bedrohlich mache ich einen Schritt auf diesen Typen zu. „Ja, ganz genau. Das tue ich. Egal, wo ihr vorher gespielt habt, welche Beweggründe ihr habt, um hier zu landen, oder welchem Ärger ihr entkommen wollt. Das alles liegt hinter euch. Ihr seid hier und Teil der Bears. Genau wie ich. Also erwarte ich, dass ihr vernünftig miteinander umgeht. Wenn du dazu nicht in der Lage bist, kannst du gern den Weg zum Boss einschlagen und deine Kündigung abholen, bevor du überhaupt deine Schlittschuhe ausgepackt hast."

Wir starren uns an. Ein, zwei Sekunden, dann bricht er den Blickkontakt ab.

„In zehn Minuten seid ihr in kompletter Ausrüstung auf dem Eis."

„Zehn Minuten?", höre ich jemanden entsetzt keuchen.

„Wärt ihr pünktlich gewesen, befänden wir uns bereits seit zwanzig Minuten beim Training."

Damit verlasse ich die Kabine wutschnaubend.

„Wo warst du?", bellt mich der Coach von hinten an und ich bleibe kurz stehen. „Kaffeepause?"

„Deinen Job machen", rufe ich zurück, wende ihm wieder den Rücken zu und ignoriere sein Gezeter.

Ich drehe noch ein paar Runden auf dem Eis, als ein weiterer Kerl das Eis betritt. Zumindest versucht er es. Als würde er ein Tänzchen vollführen, wippt er seltsam mit Beinen und Armen und bekreuzigt sich hastig. Was zur Hölle ...? Dann endlich stellt er zuerst den einen Fuß, dann den anderen auf die Eisfläche.

Sein Blick trifft meinen und er grinst. Er trägt seine Ausrüstung komplett. In seinem Nacken lugt unter seinem Helm ein Man Bun hervor. Er ist groß, etwas kleiner als ich, aber er besitzt die gängige Statur eines Eishockeyspielers. Er hebt die behandschuhte Hand, in der er den Schläger hält. „Hi", grüßt er. „McLear?"

Ich nicke. „Und wer bist du?"

„CC", antwortet er. „Oder Caleb Cole, aber so nennen mich nur meine Mutter und der Pastor unserer Gemeinde." Er grinst.

„Dann also CC ..."

„Du bist hier also der Boss, oder?"

„Ich?", echoe ich ungläubig. Was denkt er sich nur? Ausgerechnet ich. „Mitnichten. Das sind Kane und dieser ..." Ich deute auf die Trainerbank, wo unser Coach mit seinem Handy am Ohr hektisch hin und her läuft, während ich nach einer passenden Bezeichnung für diesen Hitzkopf suche. „... Heißsporn da vorn."

„Oh", entfährt es CC. „Du meinst diese Krawallbürste? Ich habe ihn gestern schreiend aus dem Büro vom großen Boss kommen sehen. Weißt du, was los war?"

Ich zucke mit den Schultern. „Das lag vermutlich an mir." Ich grinse bei der Erinnerung an unser Essen im *Brenda's*.

„Echt? Was hast du angestellt, dass er schon vollkommen durchdreht, bevor es überhaupt losgeht?"

Ich sehe ihn ungerührt an. „Ich schätze, er hat rausgefunden, dass ich der Typ bin, der seinem vorherigen Trainer eine blutige Nase geschlagen hat."

„Oha", entfährt es CC. „Hatte er es verdient?"

Wieso fragt mich das eigentlich jeder?

„Und ob.“ Bei der Erinnerung daran spüre ich, wie die Wut ihre Langfinger nach mir ausstreckt. Ich schiebe sie beiseite, weil ich mich nicht noch mehr ablenken lassen darf.

„Also, wo steckt der Rest?“

CC holt tief Luft. „Als ich zuletzt nachgesehen habe, wurde einer von ihnen komatös in die Dusche gehievt.“

„Wie bitte?“, herrsche ich ihn an und sehe ihn grinsen.

„Nein, nur Spaß. Sie kommen jeden Augenblick.“

SECHS

LOU

Endlich schläft Ally und ich schleiche auf leisen Sohlen aus dem Babyzimmer. Auf einmal höre ich ein leises Klopfen. Ich öffne die Tür, jedoch ist niemand zu sehen. Verwundert runzle ich die Stirn. Das Geräusch ertönt wieder. Unheimlich! Was ist da los? Dann sehe ich plötzlich ein Gesicht am Fenster. Vor Schreck presse ich eine Hand vor meinen Mund, um die schlafende Ally nicht mit meinem Geschrei zu wecken. Ein weiterer Blitz entlädt sich und ich erkenne im hellen licht Rivers Gesicht. Er steht im strömenden Regen. Sein weißes Shirt ist vom Unwetter vollkommen durchnässt. Grinsend hebt er eine Hand.

„Heilige Scheiße“, entfährt es mir. Ich gehe zum Fenster und schiebe es hoch. „Bist du etwa durch das Unwetter gelaufen? Bist du vollkommen verrückt geworden?“

„Das steht wohl allgemein im Verdacht. Allerdings

muss ich dich enttäuschen. Ein Urteil steht noch aus." Er zuckt bloß mit den Achseln und klettert durch das Fenster in die Wohnung.

„Warum nimmst du nicht, wie jeder andere normale Mensch, die Tür?"

„Du willst doch nicht etwa andeuten, ich könnte normal sein? Normal gleich langweilig?" Erbost wendet er sich zu mir um. Sein Brustkorb hebt und senkt sich rasch, als wäre er gerannt. Ich stehe direkt vor ihm und muss meinen Kopf in den Nacken legen, um in sein Gesicht sehen zu können. Er sieht belustigt aus, als genieße er unseren Schlagabtausch. Das Kribbeln in meinem Bauch erinnert mich an einen riesigen Schwarm Schmetterlinge und ich muss mir eingestehen, dass ich es ebenfalls tue. Mehr noch: Ich frage mich, wie ich die letzten Jahre ohne ihn ausgekommen bin. Seine Frotzeleien und kleinen Sticheleien scheinen in mir eine Seite wachzurütteln, die mich aus einer Art Tiefschlaf erwachen lässt. Doch was bin ich vorher gewesen? Im Dämmerschlaf wie Dornröschen?

Sein Aftershave dringt in meine Nase und ich hole extra tief Luft, um diesen frischen, herben und maskulinen Duft, der ihn umgibt und ihn so sehr charakterisiert, wahrzunehmen.

„Wie könnte irgendjemand dich gewöhnlich nennen?", brumme ich betont genervt, doch das kleine Lächeln, das an meinen Mundwinkeln zupft, kann ich nicht unterdrücken. Ich mache mich auf die Suche nach einem Handtuch, weil er Audreys Bodendielen volltropft.

Ich werfe es ihm zu und er fängt es mühelos auf. Dann rubbelt er über seine Haare, zieht das Tanktop aus und trocknet seinen Oberkörper ab. Etwas Glühendes fällt schwer in meinen Magen. Das Bedürfnis, meine Hand nach ihm und seiner gebräunten Haut auszustrecken, um das Tattoo auf seiner Brust zu berühren und es zu studieren, ringe ich mit Macht nieder.

Verdammt! Lou Sullivan, was ist dein Problem? Du kennst dieses Tattoo! Es ist eine Sieben. Eine magische Zahl, die für Rivers sieben Leben steht, die er zu haben glaubt. Ich habe dasselbe Tattoo. Für mich steht es eher für die Unendlichkeit unserer Freundschaft, denn er war bereit gewesen, eines seiner sieben Leben für mich zu opfern. O Gott!

„Gute Antwort. Außerdem hat es so etwas Anrüchiges. So wie früher, wenn ich dich bei den Millers beim Babysitten ihres rosafleischigen Alptraums heimlich besucht habe."

„Das Baby hieß Constanze."

„Im Ernst, niemand, der noch alle Tassen im Schrank hat, gibt seinem Kind so einen bescheuerten Namen."

River zuckt mit den Achseln, schwingt sich über die Sofalehne und wirft sich lässig auf das Sofa. Dabei kann ich nicht anders, als dem Spiel seiner ausgeprägten Muskeln zuzuschauen. Wann ist er nur so muskulös geworden? Er ist ein verdammter Profisportler, der sein Geld damit verdient, Höchstleistungen zu bringen. Und dafür muss er in Topform sein. Gut, das ist so ziemlich das Gegenteil von der körperlichen Verfassung, in der ich mich befinde. Ich gehöre eher der Fraktion Gummibärchen an. Verdammt! Ich muss mich zwingen fortzusehen. Was ist nur los? Warum fällt mir so was überhaupt auf? Die verflixte Audrey ist schuld. Sie hat mir all den Unsinn eingeredet. Er schnappt sich die Fernbedienung und die Tüte Toffees. Für diese Dinger hat er eine Schwäche.

„Also ... was gucken wir? *Innocent*? Der läuft auf Netflix. Oder *Halloween Kills*? Das ist die Fortsetzung des Klassikers."

Okay, manche Dinge ändern sich wohl doch nie. Das beruhigt mich etwas. Wir haben uns nie auf einen Film einigen können. Weder Liebesfilme, die ich bevorzuge, noch Actionfilme, die River bis zum Erbrechen gucken kann. Dieses Geballer ist nichts für meine Nerven und dann diese furchtbar unrealistischen Geschehnisse, wenn ein Auto es schafft, mit Looping und Schraube von einem Ende des Berges auf einer Brücke zu landen. O Mann! Also haben wir begonnen, Horrorfilme zu sehen. Alte Klassiker und all das neue Zeug. Meistens hat das zur Folge, dass ich anschließend nicht schlafen kann. Und dennoch lohnt es sich jedes Mal.

Ich schüttle den Kopf und versuche, ihn nicht weiter dabei zuzusehen, wie seine schlanken Finger das Papier des Toffees aufwickeln und die Süßigkeit in den Mund stecken. Als seine Zunge dabei über seine Lippen gleitet, verspüre ich ein sehnsuchtsvolles Ziehen in meiner Mitte. Ich habe meinen Verstand verloren. Anders kann man das nicht erklären.

„Ich muss das Chaos hier erst mal beseitigen."

„Welches Chaos?"

Ich deute auf den Boden, der mit einem Haufen Spielzeug übersät ist. „Wirst du nicht nur fürs Babysitten bezahlt?"

„Ich werde gar nicht bezahlt", korrigiere ich ihn, woraufhin er mich verdattert ansieht. „Ally ist meine Nichte", sage ich, als erkläre das einfach alles. Was es tut! Verständnislos sieht er mich an. Kein Wunder. River ist Einzelkind und hat keine Ahnung davon, was für Opfer man für seine Familie bringt, egal wie nervtötend sie auch sein mag. Obwohl das nicht stimmt. Ich erinnere mich an die unzähligen Male, als er am Krankenbett seiner Mom ausgeharrt hat und sie aus großen verängstigten Augen angesehen hat, als fürchte er, sie könne in jeder Sekunde damit aufhören zu atmen. „Sie ist meine Familie. Ich helfe Audrey, damit sie arbeiten kann und genug Geld verdient, um Ally und sich zu versorgen und nicht bei meinen Eltern einziehen zu müssen."

„Deine Eltern sind cool."

„Ja, wenn du die Position des lang ersehnten Sohnes einnimmst, der darüber hinwegtröstet, dass du zwei Mädchen bekommen hast, bestimmt", sage ich abgelenkt. „Sie sind aktuell auf Weltreise."

„Echt?" Verdutzt sieht er mich an. „Wie lange schon?"

„Ein paar Monate vielleicht. Kurz nachdem klar war, dass Audrey und ihr Enkelkind nicht bei ihnen einziehen würden, haben sie aus einem Trotzanfall heraus mit dem

Reisen begonnen." Ich seufze, muss aber daran denken, wie sie sich bei unserem letzten Telefongespräch miteinander gezankt hatten. Es ist einfach schön, sie so lebendig mitzuerleben. Ein Teil von mir vermisst sie sogar. Okay, ein kleiner Teil.

„Was ist mit dem Vater ihres Babys?"

Bei der Erwähnung von Audreys Arschloch von Ex-Ehemann rollen sich mir die Fußnägel hoch. „Du meinst Josh? Dieser triebgesteuerte Wichser?"

River hebt fragend eine Braue. Kraftausdrücke ist er nicht von mir gewohnt. „Braucht er eine Tracht Prügel?"

„Mehr als das", brumme ich, denn Josh hat es vorgezogen, meine Schwester nur drei Wochen vor der Entbindung für eine Frau namens Ivette zu verlassen und stellt sich seither taub, blind und stumm, was die Elternschaft für Ally angeht.

„Okay, ich kenne da ein paar raufwütige Jungs", brummt er.

Ich hebe eine Braue. „Tatsächlich?"

„Sie waren heute so sehr damit beschäftigt, sich gegenseitig aus den Schuhen zu hauen, dass ich überzeugt bin, sie würden das gern beruflich machen, statt Eishockey zu spielen."

„Dein erster Tag war also ein Reinfall?"

„Schlimmer", stöhnt er theatralisch und greift nach dem Kissen, das er sich anschließend auf das Gesicht drückt.

„Nach allem, was man so hört, ist das doch genau

dein Ding." Es ist der erste Versuch, ihn auf das Unausweichliche anzusprechen.

Er wirft mir einen Blick zu. „Also hast du doch davon gehört?"

Ich zucke mit den Achseln. „Ich glaube, es gibt niemanden auf der ganzen Welt, der noch nichts davon gehört hat. Diese Story ging an keinem Menschen in Kanada und der USA vorbei. Nicht mal an mir."

„Warum hast du nichts gesagt?"

„Ich dachte, du rückst schon selbst damit heraus, wenn du drüber reden willst."

„Bist du nicht neugierig, warum ich mein Leben zerstört habe?", fragt er und verzieht sein Gesicht zu einer Grimasse. Ich lasse die einzelnen Gummispielzeuge in die dafür vorgesehene Kiste fallen und setze mich aufs Sofa direkt neben River. Ein Fehler! Denn erst als ich neben ihm sitze, fällt mir auf, wie nah wir uns sind. Ich kann die Wärme spüren, die von seinem Körper ausgeht. Das ist schon immer so gewesen, dass Rivers Körper als meine persönliche Heizung fungierte und er mich gewärmt hat, wenn ich mal wieder fror. Damals war das okay. Doch jetzt erzeugt diese Wärme ein Prickeln in der Nähe meines Herzens, als hätte es sich wie ein Schwamm mit zu viel Brause vollgesogen. Sein dunkler Blick liegt plötzlich auf mir und ich kann es mir nicht erklären, aber irgendwas ist anders zwischen uns. Als hätten die Jahre, in denen er fort gewesen ist, uns in zwei Magnete verwandelt, die sich jetzt gegenseitig anziehen. Auf höchst gefährliche Art und Weise ...

„Natürlich ist es nicht wahr ... oder zumindest ist es nicht die ganze Geschichte. Ich kenne dich doch."

„Wie kommst du darauf?" Verblüffung zeichnet sich auf seinem Gesicht ab.

„Du könntest niemandem etwas antun, wenn es dafür nicht einen besonders guten Grund gibt."

Seine Mundwinkel verziehen sich zu diesem schiefen Lächeln, bei dem zwei Grübchen in den Wangen erscheinen und das ich so sehr liebe.

Holy Shit! Was? Das Lächeln, das ich so liebe?

Schließlich beugt er sich zu mir rüber und sieht mir tief in die Augen. Wir sind uns gefährlich nahe. „Bist du da sicher?", raunt er. Unsere Blicke verhaken sich ineinander und ich versinke in seinen grünen Tiefen, die mich so sehr an das von Morgentau benetzte Gras in der Morgensonne erinnern. Seine Wirkung auf mich ist wie Treibsand. Ich kann mich seiner Anziehung einfach nicht entziehen! Er streckt eine Hand nach mir aus und berührt sanft, unendlich sanft meine Wange und schiebt eine Locke hinter mein Ohr. Diese Berührung ist unschuldig. Auf diese Weise hat er mich bereits unzählige Male berührt, doch noch nie hat es mich derart in Alarmbereitschaft versetzt und Sehnsüchte geweckt, die ganz und gar unangebracht sind für den besten Freund. Ich schlucke und meine Überzeugung gerät ins Wanken. Er mag nicht bösartig sein, aber das hier ist auf besondere Art riskant. Was zur Hölle geschieht hier?

„Lou?", raunt er und sein Gesicht verharrt so nah vor meinem, dass unsere Nasen sich bereits berühren. Nur noch wenige Zentimeter ist sein Mund von meinem entfernt.

Eine Tür fällt ins Schloss und River und ich schrecken auseinander. Und dann steht Audrey vor uns und verschränkt ihre Arme vor der Brust. Sie hat diesen Blick aufgesetzt. Diesen einen bestimmten Blick, den Mom auch immer trägt, wenn sich eine ihrer Prophezeiungen erfüllt. Verflucht!

„Aud? Du bist schon da?"

„Komme ich irgendwie ungelegen?", fragt sie betont unschuldig.

„Nein, natürlich nicht", erwidere ich und füge nach einem schnellen Blick auf den halbnackten River hinzu: „Ich habe einfach noch nicht mit dir gerechnet. Musst du nicht bis zehn?"

„Clive hat mich eher gehen lassen. Wegen des Unwetters kam eh keiner mehr."

Streng sieht sie von River zu mir und wieder zurück. „Also ... Ihr macht hier was? Ein kleines Schäferstündchen?"

„Audrey!", entfährt es mir entsetzt.

„Jetzt ist es so weit. Jetzt haben schon andere Leute Sex in meiner Wohnung. Ich werde vermutlich als alte Jungfrau sterben."

„Das mit der Jungfrau können wir offiziell streichen, schließlich gibt es da diesen Gegenbeweis, den ..." Rivers Wortschwall verstummt abrupt, als er Audreys Miene sieht.

Wiederholt streicht er durch sein Haar und ich sehe

ihn an. Wollte er, River McLear, mein bester Freund mich etwa gerade küssen? Was ist da passiert?

„Eines Tages wird mein Gynäkologe dazu übergehen, zuerst die Spinnweben zu entfernen, bevor er mich untersucht. Wartet es nur ab! O Gott."

„Ach was, Audrey!" Ich werfe River einen entschuldigenden Blick zu. „Sie ist ein bisschen von der Rolle."

„Du hast gut reden", ruft sie. „Dein Mann hat sich nicht kurz vor der Entbindung, als du ungefähr dreißig Kilo extra auf die Waage gebracht hast und dank Wassereinlagerung wie ein aufgeblasener Luftballon ausgesehen hast, aus dem Staub gemacht, um eine Stripperin namens Ivette zu vögeln. Du bist keine alleinerziehende Mom von einem kleinen herzigen Monster, das dich weder schlafen noch Sport machen lässt. Und ich kann diese bittere Pille nicht mal mit einem Glas Wein hinunterspülen. Deine Brüste drohen nicht regelmäßig zu platzen, während dein Bindegewebe aus dem letzten Loch pfeift. Du bist wunderschön und die Kerle in Tofino duellieren sich praktisch für dich."

Rivers Kopf dreht sich zu mir um und er hebt bei dieser Information überrascht eine Braue. Welche der ganzen Informationen ihn derart skeptisch macht, kann ich unmöglich sagen. Vielleicht das mit den Brüsten. Audrey hat einiges mitgemacht. Das muss ich zu ihrer Verteidigung sagen.

„Beruhige dich, Aud, keiner hat Sex in deiner Wohnung."

„Das sieht aber ganz anders aus. Warum ist River dann nackt? Und was zur Hölle ist mit Ezra?“

Ich werfe River einen finsteren Blick zu, als er die Arme vor der Brust verschränkt und mich mit mindestens ebenso grimmiger Miene mustert.

Zu meiner grenzenlosen Erleichterung ertönt ein gellender Schrei aus dem angrenzenden Schlafzimmer und ich sehe Audrey hinterher, wie sie in dem Zimmer verschwindet. River und ich bleiben allein zurück. Bedrückendes Schweigen erfüllt den Raum. Er wendet sich ab und greift nach seinem durchnässten Shirt. Zu meiner Erleichterung zieht er es über den Kopf. „Also ...“

„Das war krass“, sagt er.

„Jap. Sie hat einiges durchgemacht“, rechtfertige ich Audreys Ausbruch erneut, doch River winkt ab.

„Ich kam mir vor, als wären wir von deinen Eltern beim heimlichen Trinken ihres Schnaps’ erwischt worden.“

Nur, dass es dieses Mal nicht um so etwas Harmloses wie das Herumexperimentieren mit Alkohol geht, sondern um diesen Moment zwischen uns. Der eine Moment, der alles zerstören kann. *Verdammt, Lou. Das ist River. Dein bester Freund, der jedes blöde Detail aus deiner Vergangenheit kennt.* Es sollte nicht so zwischen uns sein.

„Oder beim Fummeln“, fügt er hinzu.

Hat er gerade Fummeln gesagt?

„Also ... kommst du mit nach Hause?“, fragt er so selbstverständlich, als wäre nichts gewesen.

Ich sehe zu ihm und wäge meine Optionen ab. Soll ich wirklich jetzt mit ihm gehen? Durch ein Unwetter, das diese Spannung zwischen uns noch verstärken würde? Zugegeben, es ist bereits abgeklungen. Das Grollen des Donners dringt nur noch dumpf aus der Ferne zu uns rüber. Für ihn ist es wohl genauso mit besagtem Moment. Oder ziehe ich es vor, mich den drängenden und unbequemen Fragen meiner Schwester zu stellen? Beides scheint Potenzial für eine ausgewachsene Katastrophe zu haben.

„Ähm ... ich bleib besser noch hier und sehe nach ihr."

„Okay", sagt er und ich glaube, Erleichterung in seiner Stimme wahrzunehmen. Oder ist es Bedauern? Ich schüttle den Kopf, als könne diese Bewegung meine Gedanken klären. Er geht zum Fenster, schiebt es hoch und sieht zu mir zurück. Sein Blick ist durchdringend. „Du verpasst was", raunt er mir zu, klettert auf den Fenstersims und springt herunter. Elegant wie ein Panther landet er auf den Füßen und joggt davon. Langsam gehe ich näher ans Fenster, um ihm nachzusehen. Was zur Hölle hat er gemeint? Warum ist River McLear nur so sexy? Und warum zur Hölle fällt das nun sogar mir auf?

SIEBEN

RIVER

Jedes weitere Training in der vergangenen Woche ist zum Haareraufen gewesen. Ach, das ist sogar noch weit untertrieben. Unser Coach muss sich vorkommen, als hüte er eine Vorschulgruppe, der er versucht, Eishockeyspielen beizubringen. Dieser wild zusammengewürfelte Haufen von Spielern ist eine Katastrophe. Jeder für sich genommen hat zweifellos seine Qualitäten, aber kein einziger von ihnen hat Interesse an einer Fusion, einem harmonischen Miteinander. Ein Team zu werden, scheint für jeden unvorstellbar zu sein. Eine furchtbare Komplikation, die selbst die schlechte Presse, die herablassenden Kommentare anderer Spieler bereits etablierter Teams und die Skepsis der Einwohner von Tofino in den Schatten stellt. Ja, die Halle ist in einem denkwürdig schlechten Zustand, und ja, vermutlich wird Kane das nur mit Ach und Krach rechtzeitig zum Saisonstart hinbekommen. Und selbst wenn er es schafft, wird sie im Vergleich zu den Hallen der anderen großen Teams noch immer ein Witz sein. Die *Tofino Bears* würden eine Lachnummer abgeben. Vor allem, wenn sie es nicht schaffen, ein funktionierendes Team zu bilden und Eishockey wie echte Profis zu spielen. Deswegen hat Kane ein Trainingslager angeordnet. Das Geld reicht nicht für eine coole Location, sondern nur für ein abgelegenes altes Vereinsheim mit Jugendherberge in den Wäldern von Tofino. In dieser Unterkunft habe ich in der Junior High drei Tage und Nächte während eines sterbenslangweiligen Biologie Camps abgesessen, damit mich Mrs. Ashburn nicht durch den Bio-Kurs rasseln lässt. Dabei hätte ich Tofinos Flora und Fauna auch problemlos durch das Fenster in meinem Zimmer beobachten und mir Notizen und Fotos machen können. Oder auf meinen ellenlangen Wanderungen mit Lou, wenn sie ihre Fotos machen wollte.

Auf jeden Fall werden die Jungs alle auf einem Fleck sein, eingepfercht auf engstem Raum, und sie werden in knarzenden Etagenbetten schlafen. Zur Not werden wir vielleicht sogar zeitweise den Schlüssel wegwerfen müssen. Eine Vorstellung, vor der es mir schrecklich graut. Denn ich werde ebenfalls in diesem Raum sein. Andererseits ist diese Maßnahme bitter nötig, was das heutige Training wieder einmal bewiesen hat.

Noch immer sehe ich vor mir, wie Jareds Schläger CCs Nase trifft, aus der anschließend eine Blutfontäne herausgeströmt ist. Den halben Nachmittag habe ich dann mit CC im Krankenhaus verbracht. Einen Weg, den ich wohl in Zukunft öfter mit einem oder mehreren Jungs werde einschlagen müssen. Wyatt, unser Goalie, der wirklich eine Granate im Tor ist, gehört zu den ganz verrückten Typen. Er scheint keine Schmerzen zu spüren, zumindest hat er so auf mich gewirkt. Egal wie oft und stark er von den eigenen Spielern umgemäht wird, nur Sekunden später steht er wieder auf den Beinen, bereit, demjenigen die Hölle heiß zu machen. Er, CC und Dan, einer unserer Verteidiger, der ruhig und diplomatisch auftritt, sind übrigens ein paar der wenigen Spieler, die mir sofort sympathisch gewesen sind. Jeder auf seine Weise verrückt, aber vollkommen in Ordnung. Der Einzige, der mir richtig auf den Sack geht, ist Jared. Nur selten bin ich einem Typen begegnet, bei dem ich schon die Faust balle, wenn er nur den Mund öffnet. Er stellt meine Standhaftigkeit stark auf die Probe.

Nach dem Abstecher ins Krankenhaus bin ich nicht in Lous Wohnung zurückgekehrt, obwohl Coach Keller uns freigegeben hat. Mehr aus Resignation statt aus Wertschätzung, so viel steht fest. Stattdessen laufe ich eine Runde, um den Kopf freizubekommen, ehe ich mich anschließend im Fitnessraum austobe. So viel muss man Kane lassen, er gehört nicht zu den Geizkragen dieser Welt.

Ein Brummen unterbricht mein Oberarmtraining. Ich sehe auf die Uhr an meinem Handgelenk, die mit meinem Handy gekoppelt ist. Es ist eine Nachricht von Lou. Ohne sie zu öffnen, wische ich die Nachricht zur Seite. Verdammt! Ich will sie aus meinem Kopf bekommen, oder zumindest die schmutzigen Fantasien, die mich heimsuchen, sobald ich träume, oder auch nur die Augen schließe. Ich seufze. Es ist anders zwischen uns, seit ich zurück bin. Ich habe keine Ahnung, was abgeht. Mein Hirn bekommt die Erinnerung an unsere Freundschaft mit der sexy Version von Lou, die aus ihr geworden ist, nicht unter einen Hut. Oder ist sie schon immer so sexy gewesen und ich habe es bloß nicht mitbekommen? Warum bekomme ich den Anblick ihrer schlanken Beine nicht aus meinem Kopf? Oder die vollen rosigen Lippen, die zum Küssen einladen. Und erst ihr Arsch, den ich kaum aus den Augen lassen kann, wenn sie diese hautengen Shorts trägt. Was bei den aktuellen Temperaturen ständig der Fall ist. Und noch mal mehr, seit ich Idiot sie beinahe auf Audreys Sofa geküsst habe! Verflucht! Seitdem scheint in meinem Hirn ein Chip eingepflanzt zu sein, der dafür sorgt, dass jede noch so simple Geste von Lou sich in eine verführerische verwandelt. Und ich masochistischer Idiot quartiere mich auf ihrem Sofa ein. Ich muss mir eine neue Bleibe suchen. Vielleicht hilft ein gesunder Abstand zu dem Mädchen, nein, der Frau, mit der ich aufgewachsen bin, um meinen Schwanz wieder unter Kontrolle zu bekommen. Wir sind beste Freunde. Verdammt, Lou ist mein einziger Lichtblick in diesem Ort. Es ist schwer für mich, hier herumzuschleichen und meinem alten Herrn aus dem Weg zu gehen. Jahrelang ist er der Bürgermeister von Tofino gewesen. Natürlich ist mir klar, dass ich dieser Begegnung nicht ewig ausweichen kann. Und ich weiß auch, dass er nur ein Teil eines viel größeren Problems ist. Dem wahren Grund für meine Abneigung gegen diese Kleinstadt, in der ich aufgewachsen bin. Es ist meine Mom oder vielmehr die Erinnerung an sie, die mich an jeder Ecke heimsucht. Ihr Tod hat mir den Boden unter den Füßen weggezogen und ich habe mich nie davon erholt. Lou ist der einzige Lichtblick in dieser Stadt, doch wann immer wir aufeinandertreffen, läuft es alles andere als entspannt, und ich schaffe es einfach nicht, mich hier einzufügen. Weder hier noch in diesem Team, das zum Scheitern verurteilt ist, wenn wir das nicht bald in den Griff bekommen.

Ich widme mich wieder dem Training, als ein Klopfen ertönt. Es ist Wyatt. „Schläfst du auch mal, du Tier?“ Er grinst.

„Nur, wenn es sich aktuell nicht vermeiden lässt“, gebe ich zu.

„Das klingt krass“, murmelt er und sieht mich abwartend an, als warte er darauf, dass ich ihm mehr erzählen würde.

Tue ich nicht, weil es wirklich krass ist, feuchte Träume auf der Couch meiner besten Freundin zu haben, nachdem ich mir vorgestellt habe, wie ich mich in ihr vergrabe.

„Trinkst du denn auch was?“

Ich hebe eine Braue und sehe ihn mahnend an. „In der Vorbereitung auf die Saison?“

„Mann, es geht um Teamgeist. Wir wollen den Spirit der Bears aufleben lassen.“

„Ihr alle?“, frage ich zweifelnd und greife zum Handtuch, das ich zuvor achtlos auf die Hantelbank geworfen habe.

„Ja, sogar der Arsch lässt sich blicken."

Ich stöhne. Mit *Arsch* ist Jared gemeint. Er hat genug getan, um sich diesen Kosenamen zu verdienen. Obwohl ich natürlich gegen Mobbing im Team bin. „Er gehört nun mal zu den Bears. Was sollen wir tun? Besser wir arrangieren uns mit ihm. Vielleicht ist er nach ein, zwei Bier leichter zu ertragen."

„Dafür brauchen wir mindestens ein Fass und zusätzlich einen guten Bourbon."

Wyatt grinst und in seinen haselnussbraunen Augen blitzt es. Wie immer trägt er seine Maske, die er Milly nennt, unter dem Arm. Generell lässt er sie kaum aus den Augen und hütet sie wie seinen Augapfel. „Du als Captain solltest aber auf jeden Fall dabei sein."

„Ich bin kein Captain." Ich schüttle den Kopf. „Ich bin der Letzte, den ihr für den Job haben wollt."

„Das sehe ich anders. Du bist genau der Typ, den wir dafür haben wollen." Er rümpft die Nase. „Okay, ich ergänze: geduscht. Also hüpf unter die Dusche und komm ins Brenda's. Vielleicht ist das genau die Ablenkung, die du brauchst. Eine heiße Frau aus Tofino, eine, die deine Eier streichelt, bis du wieder klar im Kopf und der Alte bist."

Offenbar fällt sogar Menschen, die ich kaum kenne, auf, dass ich ein kleines bisschen von der Rolle bin. Verdammt, alles ist mir recht, um mich von Lou abzulenken. Der Grund für das konsequente Training ist nicht zwingend die Tatsache, dass ich so ehrgeizig bin. Nein, es hat ein paar andere Vorzüge, die mir sehr willkommen sind: Erstens bin ich nicht zu Hause in Lous Nähe und kann unpassende Dinge tun, und zweitens schlafe ich anschließend wie ein Stein, sodass feuchte Träume von meiner besten Freundin nur selten vorkommen. Es sei denn, ich beobachte Lou in ihrem knappen Schlafshirt noch eine Weile, während sie im Bett liegt. Ich komme mir dann jedes Mal wie ein elendiger Spanner vor und das widert mich an. Wie hätte ich auch ahnen können, dass aus Lou diese scharfe Frau werden würde? Seit ich zurück bin, fallen mir leider ständig ihre schlanken Beine, die kleinen, aber prallen Brüste, für die sie oft nicht mal einen BH braucht, und ihr wohlgeformter Arsch auf. Und ihre Lippen ... Heilige Scheiße! In meiner Fantasie stelle ich unaussprechliche Dinge mit ihr an. Es fällt mir schwer, an irgendwas anderes zu denken, also trainiere ich. Ich laufe oder boxe oder gehe aufs Eis oder ich dusche kalt. Und wenn alles nichts hilft, dann muss ich selbst Hand anlegen. Meine Güte, ich komme mir vor wie ein Teenager. Ich mach's mir in der Dusche oder kurz nach dem Aufstehen, wenn Lou gerade die Wohnung verlassen hat. Wahrscheinlich brauche ich ganz dringend eine Frau in meinem Bett.

Das Schlimmste an allem: Ich vermisse Lou. Meine beste Freundin, mit der ich über jeden Scheiß reden und meistens auch herzhaft lachen kann. Oh, wie sehr ich sie vermisse. Die Aussicht, mit ihr wieder zusammen zu sein, ist es, die mich hergetrieben hat. Und nun? Jetzt bin ich scharf wie ein japanisches Filetiermesser und nicht mehr in der Lage, die Kontrolle zu behalten. Verdammt! Wie hätte ich bitte ahnen können, dass es sich als die schlechteste Idee ever rausstellen würde, mich bei Lou einzuquartieren? Klar, ich muss ausziehen. Irgendwann in den letzten Tagen habe ich sogar mal Halt vor einem Haus gemacht, wo ein Zettel über eine zu vermietende Wohnung im Fenster hängt. Angerufen habe ich jedoch nicht.

Entweder bin ich also masochistisch veranlagt oder ein Teil von mir lässt es darauf ankommen. Wartet auf den Regenschauer, der uns erfassen würde und uns dazu zwingt, uns unsere Kleider vom Leib zu reißen und gemeinsam nackt duschen zu gehen. Dagegen spricht jedoch die Tatsache, dass ich nicht in Lous Wohnung zurückkehre, sondern hierher fliehe. Wenn ich meine Fantasien also wirklich in die Tat umsetzen will, warum versuche ich nicht mein Glück? Weil ich Schiss habe. Ja, kaum zu glauben, aber auch ein River McLear hat Angst vor etwas. In diesem Fall, den einzigen Menschen zu verlieren, der irgendwie meine Familie ist.

Als ich nun die Tür zum *Brenda's* öffne, empfängt mich laute Musik. Dieses Diner ist Bistro und Pub in einem. Hier gibt es immer gutes Essen, am Abend gute Musik und immer was Kaltes zu trinken. Schon aus der Ferne sehe ich die Jungs aus meinem Team und halte auf sie zu. Da ist Wyatt, der mir zuwinkt, CC, der ziemlich gebeutelt auf mich wirkt, Dan und ein paar andere, deren Hinterköpfe zu mir gerichtet sind und die ich nicht richtig zuordnen kann. Eine junge Frau sehe ich ebenfalls in der Nähe von Dan stehen, deren schulterlange rote Haare aus der Menge hervorstechen. Es ist Isy, unser Maskottchen, oder vielmehr die Person, die bereit ist, sich während der Drittelpausen ein Bärenkostüm überzuziehen und Albernheiten auf dem Eis zu veranstalten, um die Fans zu unterhalten. Ich werde mit großem Hallo begrüßt und wende mich an CC, der mit griesgrämiger Miene in sein Bier starrt.

„Ich hätte nicht gedacht, dich heute noch zu sehen“, gebe ich zu. „Wie fühlst du dich?“

„Als hätte mir ein Irrer einen Schläger auf die Nase gekloppt“, entfährt es CC und er wirft Jared einen bitterbösen Blick zu.

Der grinst jedoch nur. „Berufsrisiko.“

„Ich bin gespannt, ob du das demnächst auch noch sagst, wenn ich mich revanchiere. Aber ich wusste ja, dass es heute ein Unglück gibt. Und es ist noch nicht vorbei, Jungs. Ich sage es euch.“

Gemeinschaftlich rollen wir mit den Augen. Wir sind noch nicht lange zusammen, aber CCs Dauergerede über das Unheil, das droht, wenn dies oder jenes passiert, macht uns jetzt schon wahnsinnig.

„Wie kommst du darauf?“, erbarmt sich Wyatt zu fragen und alle stöhnen, weil sie sich wünschen, er hätte es nicht getan.

Mit unheilverkündender Stimme deutet CC in Isys Richtung, die sich ruhig mit Dan unterhält. „Wie kann man nur dieses Mädchen aussuchen, um auf unserem Eis herumzuturnen?“

„Was hast du gegen Isy?“, fragt Jared irritiert.

„Sie hat rote Haare! Leute, das ist die Mutter der schlechten Omen.“

Und wieder geht ein kollektives Stöhnen durch unsere Gruppe.

„Glaubt mir oder lasst es, aber so lange dieses Weib auf unserem Eis steht, wird ein Unheil das nächste jagen.“ Dieser Typ ist der abergläubischste Kerl, den ich kenne. Die Farbe Rot bringt ihn jedes Mal auf die Palme.

Wir lachen und plötzlich bin ich froh, hierhergekommen zu sein. Dieses Gefühl wird gedämpft, als ich meinen Blick durch die Menge gleiten lasse und er an einem Lockenkopf hängen bleibt. Lou?!

Tatsächlich, das ist sie. Und sie ist nicht allein. Direkt neben ihr sitzt ein Kerl, den ich nicht kenne. Er trägt bei der Hitze ein Sakko, darunter ein lässiges Shirt, das seine ausgeprägten Brustmuskeln preisgibt. Ein lächerliches Einstecktuch steckt in seiner Brusttasche. Wer zur Hölle trägt bei dem Wetter einen Anzug? Ich musste schon zu diversen Anlässen einen tragen, doch niemals habe ich das gern getan. Es ist aber nicht sein Outfit, das mich skeptisch macht, sondern die Art, wie er sich vertraut zu Lou beugt. Er hat einen Arm um sie gelegt und betrachtet mit ihr gemeinsam etwas, das vor ihnen auf dem Tisch liegt. Sie sind in ein Gespräch vertieft, sodass sie mich nicht bemerkt. Also rutsche ich wieder aus der Bank, schlendere möglichst lässig zu ihrem Tisch hinüber und räuspere mich. Lou richtet ihren Blick auf mich und wirkt zuerst überrascht, ehe sie lächelt. „Oh, hi, River. Ich hatte keine Ahnung, dass du hier sein würdest."

„Ich auch nicht", murre ich.

Ihr Blick verdüstert sich. „Du gehst nämlich nicht an dein Handy und antwortest auch nicht auf Nachrichten."

Stille.

„Ja, ähm, das Training hat mich heute ziemlich mitgenommen."

„Nur heute? Ich hab dich schon eine Weile nicht mehr gesehen", sagt sie spitz.

Gespannt warte ich darauf, dass sie mir ihre Begleitung vorstellt. Der Typ neben ihr räuspert sich vernehmlich. Er scheint auch darauf zu warten.

„Ähm, das ist Ezra. Er hat den Fotokurs geleitet, in dem ich im Frühjahr war. Ezra, das ist River. Er ist ..." Sie sieht mich an und scheint auf der Suche nach der richtigen Bezeichnung für mich zu sein.

„... ihr Freund", sage ich, grinse einnehmend und reiche Ezra meine Hand, die er zögerlich ergreift. Meine Worte scheinen die richtige Wirkung auf ihn zu haben, denn er sieht unsicher zwischen Lou und mir hin und her. Kaum merklich rutscht er etwas von ihr weg. Er ist offenbar kein völliger Idiot. Gut.

„Oh, hi, ich wusste gar nicht, dass sich an deinem Beziehungsstatus etwas geändert hat."

„Hat es sich auch nicht", stellt Lou betont klar und fügt hinzu: „Er ist *ein* Freund." Oh, oh, das wird Ärger geben. Das ist mir jetzt schon klar, als sie mich mit ihren

Blicken zu erdolchen versucht. *Jungfernhäutchen-Hüter.* Dieser Typ kann doch nicht ihr Ernst sein, oder? Die blasierte Miene, das zurückgegelte Haar. Er sieht aus wie ein Lackaffe.

„Komisch, sonst bin ich immer dein bester Freund gewesen."

„Außerdem bist du eine Nervensäge, selbstverliebt und arrogant", ergänzt sie.

„Du hast ausgesprochen gut aussehend vergessen. Und seit neuestem auch noch dein Mitbewohner." Ich wackle anzüglich mit den Brauen.

„Solltest du das bleiben wollen, verschwindest du jetzt besser!"

Unschuldig hebe ich betont gut gelaunt die Hände.

Zu meiner Überraschung sagt Ezra plötzlich: „Als bester Freund kennst du sicher ihre Arbeiten. Welches ihrer Fotos ist dein Favorit? Welches würdest du ausstellen lassen?"

Irritiert sehe ich zuerst ihn dann Lou an, die verlegen den Blick senkt und hastig beginnt, die Bilder einzusammeln, die vor ihnen auf dem Tisch liegen. Und da wird es mir klar. Es sind Fotos von *ihr*. Und die Wahrheit trifft mich mit Wucht. Ich kenne kein einziges davon. Sie hat sie mir nicht gezeigt. Schon lange nicht mehr.

Beim Anblick von Ezras triumphierendem Lächeln erkenne ich, dass dieser Mistkerl davon gewusst oder es zumindest geahnt hat. Offenbar habe ich ihn unterschätzt.

„Ich finde alle ihre Bilder großartig", sage ich mechanisch und sehe Lou einen Moment länger in die Augen als nötig. „Ich muss zum Team zurück. Wir sehen uns“, murmle ich zum Abschied.

„Ganz bestimmt“, ruft Ezra mir hinterher, was ich ignoriere, auch wenn es mich verdammt viel Kraft kostet, mich nicht zu ihnen umzudrehen und ihm eine zu verpassen. Mein Herz klopft unerträglich wild und in meinem Kopf dreht sich alles. Sobald ich bei den anderen ankomme, versuche ich, meine schlechte Laune nicht direkt an Jared auszulassen, der mit seiner gewohnten überheblichen Miene auf der Sitzbank lümmelt.

„Wer ist die Kleine da?“

„Wer?“, frage ich möglichst desinteressiert, um mir meine Antwort gut überlegen zu können.

„Na, die Süße, bei der du gerade standest.“

„Ach sie. Sie ist eine alte Freundin von mir“, wiegle ich beiläufig ab.

„Tatsächlich? Sie ist süß!“

Ich versuche, mir nicht anmerken zu lassen, dass es mich wurmt, ihn so über Lou reden zu hören, und zucke deshalb nur mit den Achseln. Aus irgendeinem Grund ahne ich, dass es Jared nur noch viel mehr anstacheln würde, wenn er wüsste, dass es mich ärgert.

„Ich hätte schon Bock, mal wieder meinen Pinsel in ein Fässchen zu halten, wenn ihr wisst, was ich meine.“

Und ich hätte richtig Bock, dir deinen Arsch zu versohlen! Ich balle meine Hand zur Faust, schweige jedoch.

Stattdessen nehme ich neben Wyatt Platz, gegenüber von CC, der mit seiner blau unterlaufenen und geschienten Nase zum Lachen aussieht. Und weil ich masochistisch veranlagt bin, befinde ich mich genau in Blickrichtung von Lou und Ezra, die ihre Köpfe wieder zusammenstecken. Dann begegne ich Lous Blick. Wir sehen uns an und selbst aus der Ferne bringt mich der Ausdruck in ihren Augen um den Verstand. Plötzlich steht so viel zwischen uns, viel mehr als nur ein paar Tische im *Brenda's*. Was zur Hölle ist nur los mit uns? Plötzlich scheint einfach alles anders zu sein. Sie wird doch nicht etwa mit ihm nach Hause gehen, oder? O Gott! Was würde ich tun, wenn sie später nicht in ihrem Bett liegt, wenn ich nach Hause komme? Alles kurz und klein schlagen? Das Monster in meiner Brust jault verzweifelt auf.

ACHT

RIVER

Brenda ist irgendwie zu einer Zuflucht für mich geworden. Sie hat diese beruhigende Wirkung auf mich. Wie meine Großmutter früher ist sie fürsorglich, überhäuft mich mit Essen und mit Getränken und geizt nicht mit gut gemeinten Ratschlägen. Doch das verräterische Ziehen in meiner Brust bestätigt, dass es mit dem Frieden und der Ruhe bald vorbei sein wird. Ich wage einen letzten langen Blick zu Lous Tisch. Sie lacht über etwas, das dieser Anzugfuzzi gesagt hat. Etwas, das sie schon lange nicht mehr in meiner Gegenwart getan hat. Abrupt stehe ich auf und laufe zur Bar, um Lou und Ezra den Rücken zuzuwenden. Dort setze ich mich auf einen Barhocker an den Tresen. Automatisch sehe ich auf die Uhr, die meine Mom mir vor einer Ewigkeit geschenkt hat. Neben dem großen Ziffernblatt gibt es noch zwei kleinere, die dort eingefasst sind. Eines davon ist ein Kompass. Ich schüttle den Kopf. Damit ich immer weiß, wo ich hingehöre, hat sie damals gesagt und schwach meine Hand umklammert. Tja, das weiß ich noch immer nicht.

„Hallo, Fremder", flötet eine weiche fremde Stimme. „So in Gedanken heute?"

Doch es ist nicht Brenda, die hinter dem Tresen steht. Während ich wie ein Trauerkloß an der Bar sitze, spielen die anderen eine Runde Pool. Ich habe auf Jareds Sticheleien keine Lust. Außerdem ertrage ich es nicht, Lou weiter dabei zuzusehen, wie sie vertraut mit Ezra spricht. Andererseits bringe ich es auch nicht über mich, nicht hinzusehen.

„Wo ist Brenda?"

„Sie ist hinten. An Tagen wie diesen braucht sie Unterstützung", antwortet die süße Blondine, die den Zapfhahn übernommen hat. Sie ist hübsch anzusehen und vielleicht eine Möglichkeit, mich von Lou abzulenken. Während sie sich über den Tresen beugt, um mir mein Bier vor die Nase zu stellen, lässt sie tief in ihr vielversprechendes Dekolleté blicken. Ihre Möpse sind groß und prall und würden sich vermutlich wunderbar in meiner Hand anfühlen.

Ich lächle. „Ich gebe nur vor, nachzudenken, um interessanter zu wirken."

Sie hebt belustigt eine Braue. „Soso."

„Und? Klappt es?"

Sie beißt sich auf die Lippe und erwidert mein Lächeln. „Tja, ich werde bestimmt nicht gleich alle Karten auf den Tisch legen, mein Freund. Aber ein Mann wie du muss nichts tun, um interessant zu wirken." Die Bemühung, geheimnisvoll zu wirken, kann sie sich sparen, zumindest wenn sie ihren Blick in dieser Art und Weise über mich gleiten lässt. Sie ist bereit. Das ist beruhigend und gleichermaßen unangenehm. Ich habe nie Probleme, eine Frau abzuschleppen. Warum also regt sich nichts da unten? Warum lässt mich die Vorstellung kalt, mich mit ihr zwischen den Bettlaken zu wälzen?

„Willst du warten, bis ich Feierabend habe? Oder nutzen wir meine Pause?", fragt sie mich direkt und bringt ihre Möpse noch mal in verführerische Pose.

Irgendwas lenkt meine Aufmerksamkeit nach rechts und ich sehe, wie Lou von ein paar meiner Teamkameraden umringt wird. Ich sehe ihre Lockenmähne, die Art, wie sie sich aufrichtet, um größer zu wirken und sich zu behaupten. Wo zur Hölle ist Ezra hin? Gerade war sie noch viel zu vertieft in ein Gespräch mit ihm, um mir ihre Aufmerksamkeit zu schenken. Dafür ist Jared da. *Fuck!* Er legt ihr viel zu vertraut einen Arm um die Schulter und deutet auf mich. Will er mir wirklich auf diese Weise auf den Sack gehen? War das sein scheiß Ernst? Dieser Scheißkerl von einem Verteidiger.

Ich bin schon vielen Typen begegnet, die ich lieber von hinten sehe, doch selten ist mir jemand über den Weg gelaufen, den ich so ätzend finde wie ihn. Leider scheint er was drauf zu haben, was auch der einzige Grund ist, warum ich Kane nicht genötigt habe, ihn rauszuschmeißen. Das wird sich jetzt ändern. Zumindest wenn ich nach dem urteile, wie er Lou ansieht und sie zu mir rüberschiebt. Ein grollendes Monster erwacht in meiner Brust zum Leben, gierig darauf, alles und jeden niederzustrecken, der sich um Lou schart. Allen voran Jared. Lous Blick streift meinen und ihre Augen sprühen Funken. Das bedeutet, sie hat mich und meinen Flirt mit Blondie beobachtet.

Jared grinst. „Ich dachte, wenn ich Lou zum Pool überrede, hättest du vielleicht auch Bock."

Ich stehe auf und trete auf sie zu.

„Lou ist nicht daran interessiert", entfährt es mir bestimmt. Ein Fehler, das wird mir sofort klar. Lous Augen verengen sich zu Schlitzen und sie hebt entschlossen ihr Kinn. Sie hasst es, wenn ihr irgendjemand sagt, was sie zu tun oder zu lassen hat. Offenbar vor allem dann, wenn ich derjenige bin, der das macht.

„Eigentlich hab ich sehr wohl Bock auf eine Runde Pool." Unsere Blicke treffen sich und stillschweigend fechten wir einen Kampf aus, den ich verliere. Natürlich. Diese Frau macht mich wahnsinnig.

„Tatsächlich? Wo ist Ezra?"

„Gegangen", sagt sie unterkühlt.

Verfluchter Ezra. Wo steckt er, wenn man ihn braucht? Plötzlich ist es mir um ein Vielfaches lieber, diesen Anzugfuzzi neben Lou auf der Bank zu sehen, als Jareds schmierige Finger an ihrer Schulter. „Ich wusste gar nicht, dass du Spaß an Poolbillard hast." Genau genommen hat sie es früher gehasst.

„Tja, offenbar gibt es einiges, was wir voneinander nicht wissen. Ist sie der Grund, warum ich dich nicht mehr sehe, Mitbewohner?“ Sie deutet auf die Theke und ich stöhne innerlich auf.

Wir sehen uns an. Ihr herausfordernder Blick bestätigt mir, dass ich auf der Hut sein muss. Sie ist ziemlich angefressen. Verdammt! Da sind wir schon zwei.

„Mitbewohner?“, echot Jared interessiert. „Davon hast du gar nichts gesagt, als ich dich nach ihr gefragt habe. Du hast so getan, als kennst du sie kaum.“

Lous Blick verändert sich kaum merklich. Hat diese Aussage sie etwa verletzt?

Jared. Dieser Kerl muss in seinem früheren Leben eine Scheißhausfliege gewesen sein. Anders lässt sich sein arrogantes und penetrant provozierendes Verhalten nicht erklären.

„Wie sieht's aus, Süße? Wollen wir ein Spiel machen?“, fragt Jared und ignoriert mich, während er sie an der Hand hinter sich herzieht. Mit verschränkten Armen folge ich ihnen wie der Rest der Mannschaft und baue mich stocksteif neben dem Tisch auf.

„Lass es uns doch interessanter machen, ja? Wie wäre es mit einem Wetteinsatz?“, fragt Jared und wirft mir einen berechnenden Blick zu.

„Lass dich nicht drauf ein, Lou!“, warne ich sie.

„Hör auf, mir ständig zu sagen, was ich tun oder lassen soll, McLear“, antwortet sie giftig.

Ein kollektives Raunen geht durch die Anwesenden. Nur Isy hält sich zurück und grinst.

Lous Blick streift meinen und plötzlich sieht sie unsicher aus. Natürlich, weil sie Pool nicht beherrscht. „Was ist der Wetteinsatz?“, fragt sie ungewohnt herausfordernd.

Zu meinem Ärger kommt Jared ihr ganz nah, beugt sich zu ihr hinab und wispert etwas in ihr Ohr. Dabei wirft er mir wieder einen Blick zu. Er will mich ärgern. Scheißer! Es kostet mich all meine Selbstbeherrschung, ihn nicht am Kragen aus dem *Brenda's* zu zerren.

„Okay“, räumt Lou ein und ich fluche leise. Auch sie schaut zu mir und ich schüttle nur den Kopf.

Jareds triumphierendes Grinsen geht mir durch Mark und Bein. „Kopf oder Zahl?“, fragt er.

Lou entscheidet sich für Zahl und verliert den Anstoß an Jared. Dieser versenkt ohne viel Mühe ein paar Kugeln. Sobald Lou dran ist, schlucke ich, als sie sich über den Tisch beugt. Ihre weiße Bluse lässt tief blicken, doch es ist vor allem ihr Rock, der hochrutscht und viel mehr von ihren Beinen zeigt, als meine Selbstbeherrschung vertragen kann. Natürlich stößt sie die weiße Kugel im falschen Winkel an und die von ihr anvisierte farbige Kugel geht nicht annähernd rein. „Ups!“

Jared freut sich diebisch und versenkt weitere Kugeln. Ich schüttle den Kopf und ertrage es nicht, das weiter mitanzusehen.

Bevor Jared die Gelegenheit bekommt, auch die schwarze Kugel einzulochen, lächelt Lou gewinnend. Sie sieht kein bisschen besorgt aus. Im Gegenteil. Hat Jared einen Preis gefordert, den sie gern bezahlen möchte? Meine Augen schließen sich zu dünnen Schlitzen. Unwillkürlich denke ich an Jareds Kommentar, dass er seinen Pinsel versenken will. Ganz sicher wird er ihn nicht in Lous Fässchen halten! Ich werde ihn grün und blau schlagen, sollte er etwas in diese Richtung versuchen. Mir egal, wenn ich dafür wieder aus dem Team fliege.

Immer wieder sieht Lou mich hochmütig an. Plötzlich fühlt es sich nicht mehr an wie ein Spielchen zwischen ihr und Jared, sondern wie zwischen ihr und mir. Hitze steigt in mir auf und mein Körper ist schrecklich angespannt. Jedes Körperteil. Ich schlucke. Die Spannung in meinem Innern erhöht den Druck auf meine Jeans. Verdammt! Sie ist unfassbar heiß.

Bevor sie auch den letztmöglichen Stoß versauen kann, greife ich reflexartig oberhalb ihrer Hand nach dem Billardqueue. Wir sehen uns an. „Lass es einfach, Beetle", flehe ich sie an. Beim Blick in ihre wütenden Augen pulsiert das Blut in meinen Adern und wird hinunter in meinen Schritt gepumpt. Fuck! Warum macht es mich dermaßen scharf, wenn sie wütend auf mich ist?

Ihr Blick verfinstert sich. „Ich mache keinen Rückzieher. Wettschulden sind Ehrenschulden. Das weißt du doch."

Sie entzieht mir den Queue und setzt zum nächsten und vermutlich letzten Stoß an. Ich schüttle den Kopf. Sie beugt sich vor, nimmt die weiße Kugel in den Fokus und versenkt die farbige. Verblüffung zeichnet sich auf den Gesichtern der anderen ab. Auch ich kann meine Verwunderung nicht herunterspielen. Zielsicher versenkt

Lou jede weitere Kugel, bis nur noch die schwarze übrig ist. Jareds Miene verdüstert sich.

„Sie kann nicht spielen, was?“, ätzt er in meine Richtung, doch ich zucke nur mit den Achseln. Ich habe keine Ahnung.

Unter lautem Tumult reicht sie mir den Queue, nachdem auch die letzte Kugel in einer Tasche verschwunden ist, dann streckt sie die Hand nach Jared aus. Widerstrebend reicht er ihr ein Bierglas. Mit der Hilfe von Dan klettert sie auf einen Stuhl und kippt das volle Glas über Jareds Kopf aus. Lautes Lachen erfüllt das *Brenda's*. Zu meiner allergrößten Freude sehe ich dabei zu, wie er von Lou eine Bierdusche verpasst bekommt, und kann mir ein fettes Grinsen nicht verkneifen. Sobald Lou wieder sicher auf dem Boden steht, greift er jedoch nach Isys Glas und kippt es Lou über die Bluse, was sie mit einem kleinen Aufschrei kommentiert.

„Das ist die Strafe für das Vortäuschen falscher Tatsachen.“ Jared ist ein schlechter Verlierer. Warum überrascht mich das nicht?

Mit entsetzt geöffnetem Mund stemmt sie die Hände in die Hüften, doch Jared glotzt bloß auf ihre Bluse, durch die deutlich Lous Brustwarzen durchschimmern. Sie holt aus und verpasst ihm mit flacher Hand eine schallende Ohrfeige. Unter lautem Johlen schiebe ich mich an ihnen vorbei und packe Jared. Irgendwo in meinem Kopf knallt eine Sicherung durch, ich greife blitzschnell nach seinem Shirt und zerre ihn ein paar Schritte von Lou weg. Dabei fallen ein paar Stühle krachend um. „Du Scheißkerl kannst nicht verlieren, was?“

Obwohl Jared ähnlich gut trainiert ist, ist er mir größentechnisch unterlegen und viel zu überrascht, als dass er mir etwas entgegensetzt.

„Krieg dich ein, McLear.“

„Halt dich von ihr fern, verstanden?“, knurre ich durch zusammengebissene Zähne mit düsterer Miene.

„Hab ich etwa deine Achillesferse gefunden?“ Er sieht an mir vorbei und sagt mit einem abschätzigen Blick auf Lou: „Ist sie im Bett genauso kratzbürstig wie hier?“

Bevor ich mich vergesse, ist Lou an meiner Seite. „River!“

Ich sehe mich zu ihr um, währenddessen nutzt Jared den Moment, um sich loszureißen. „Ich regle das schon.“ Demonstrativ verschränkt sie die Arme vor der Brust.

„Gib es ihm, Kleine“, sagt Jared und ich schließe gequält die Augen.

„River McLear, hast du mir nicht versprochen, dass mein Diner heil bleibt?“, fragt eine strenge Stimme hinter uns. Brenda. Mist!

Ich sehe mich zu ihr um. „Tut mir leid.“

„Okay, schau, dass dieser Scheißhaufen aus meinem Diner verschwindet.“ Sie sieht Jared an.

Einatmen, ausatmen, River. Ich sehe zu Lou und ahne Schlimmes.

„Wir gehen!“, fasse ich trocken zusammen.

Lou verschränkt die Arme vor der Brust, um ihre Blöße zu verbergen. Denn die nasse Bluse ist so durchscheinend, dass sie genauso gut mit nacktem Oberkörper im Raum stehen könnte. „Ich will noch nicht gehen."

„Louisa Sullivan, du kommst jetzt sofort mit mir."

„Werde ich nicht", sagt sie und reckt ihre süße Stupsnase in die Luft.

„Okay, du hast es so gewollt", entgegne ich und hieve mir mit einer schnellen Bewegung eine kreischende Lou über die Schulter. Sie tobt und brüllt meinen Namen, doch mit ihrem Fliegengewicht kommt sie gegen meine Muskelmasse nicht an.

Mit schweren Schritten gehe ich zum Hinterausgang hinaus und stelle sie erst nach ein paar Metern vor mir ab. Fuchsteufelswild und mit hochrotem Kopf sieht sie mich an. Offenbar ist sie entsetzt von meiner Machtdemonstration. „Bist du von allen guten Geistern verlassen? Du bist definitiv nicht mehr ganz bei Trost. Was fällt dir überhaupt ein? Mich hier herumzutragen und zur Seite zu stellen, als sei ich irgend so ein ... Flittchen, das sich so etwas gefallen lassen würde. Ich bin keins deiner Fickmädchen. Mit mir gehst du vernünftig um, verstanden?"

„So wie Jared vernünftig mit dir umgegangen ist?", werfe ich herausfordernd ein.

„Er ist mir scheißegal, aber du bist mein bester Freund. Es geht dich nichts an, wenn ich Stress mit jemandem habe."

Da ist es wieder. *Beste Freunde.* Verdammt, ja!

Unsere Blicke treffen sich und ich schaffe es nicht, fortzusehen. Der Zauber ihres Anblicks hält mich fest im Griff. Mal ganz davon abgesehen, dass sie viel zu aufgebracht ist, um ihre durchsichtige Bluse zu verbergen. Heilige Scheiße! Das Pulsieren in meiner Hose ist beinahe übermächtig. Wir sehen uns an. Ein, zwei Herzschläge lang, ist nur der keuchende Atem zu hören, der unseren Lungen entweicht, als hätten wir einen Ringkampf hinter uns gebracht. Lous Brustwarzen scheinen durch die weiße Bluse hindurch und oh Gott, was würde ich darum geben, meine Hände danach auszustrecken, um sie ...

„River!“, entfährt es ihr heftig. Wenn sie wütend ist, runzelt sie immer ihre Stirn und ihre Augen versprühen Funken. Sie ist wunderschön. Wie eine Naturgewalt. Neben ihr verblassen die wildesten Unwetter und ich sehne mich gleichermaßen danach, wie ich mich davor fürchte, diesem Sturm zu trotzen. Diese Tatsache reißt mich beinahe von den Füßen. „Aber wenn meine beste Freundin von einem meiner Teamkameraden in seinem Auto flachgelegt wird, geht mich das sehr wohl etwas an.“

Sie schnappt nach Luft, um mir die Strafpredigt meines Lebens zu halten, keinen Zweifel, dann verstummt sie abrupt. „Er ist in deinem Team?“

Finster sehe ich sie an und nicke.

„Okay ...“

„Er ist nicht gut für dich, Lou. Er ist ein Arschloch. Er ist nur auf das eine aus ...“

„So wie du also. Oder willst du mir sagen, dass du Blondie von der Theke heiraten willst?“ Ich möchte es abstreiten, alles davon und sehr vehement, aber das muss ich gar nicht. Plötzlich scheint es die einzige Möglichkeit zu sein, das Band zwischen uns zu retten. Vielleicht nicht für den Moment, dafür aber langfristig. Lous Miene verändert sich und zeigt die verletzliche Seite, die sie immer vor der Welt verbergen will, auch vor mir. Doch für den Bruchteil eines Augenblicks ist dieser Ausdruck da und ein ungeahnter Schmerz durchzuckt mich. Sie so zu sehen, schmerzt mich körperlich.

„Wenn ihr beide also vom gleichen Schlag seid, dann seid ihr vermutlich beide nicht gut für mich.“ Mit diesen Worten macht sie auf dem Absatz kehrt und verlässt die schmale Gasse, auf die der Hinterausgang führt. Verdammte Scheiße! Warum muss alles nur so furchtbar kompliziert sein?

NEUN

LOU

Den Rest der Nacht koche ich vor Zorn. Nicht mal die Pizza von Luigi bringt mich runter. Die Tatsache, dass ich niemanden zum Reden habe, macht die Sache nicht besser. Audrey werde ich kein Sterbenswörtchen davon sagen. Nur um mir anschließend anzuhören, sie hat es ja gewusst? Nein, danke! Die Tatsache, dass River nicht nach Hause kommt, macht es nicht besser. Natürlich kann ich nicht über meinen Schatten springen, um mich zu vergewissern, dass es ihm gut geht. Das würde bedeuten, klein beizugeben. Etwas, das mir genetisch nicht mitgegeben worden ist.

Irgendwann muss ich trotz Wut im Bauch und einer riesigen Pizza plus Eis eingeschlafen sein. Denn als ich am nächsten Morgen erwache, ist er bereits wieder verschwunden, wenn er denn überhaupt da gewesen ist. Entsetzt denke ich an die Blondine aus der Bar. Ist er zu ihr gegangen? Gequält schließe ich die Augen. Ich will mir in den Arsch beißen. Irgendwo muss meine Wut hin. Unmöglich, sie weiter für mich zu behalten, sonst explodiere ich. Also wähle ich doch seine Nummer. Es tutet ein paar Mal, dann hebt jemand ab.

Bevor er etwas sagen kann, bricht es aus mir heraus: „Was zur Hölle stimmt mit dir nicht? Weichst du mir etwa aus? Willst dir wohl nicht die verdiente Strafpredigt anhören, was? Oh, du bist so ein selbstgerechtes, selbstverherrlichendes Arschloch. Wie kannst du dich Ezra gegenüber nur so albern aufführen? Wie ein verdammter Platzhirsch bei der Balz. Und dann verdrückst du dich selbst mit dieser ... dieser ...“ Ich suche nach dem richtigen Wort. „... vollbusigen Blondine. Ich bin so, so sauer auf dich, River. Ich würde dich nur zu gern ab sofort draußen vor der Tür schlafen lassen. Vielleicht wechsle ich die Schlösser aus. Wart's nur ab.“

Stille.

„Hallo?“, frage ich schließlich verunsichert.

„Ähm ... hi“, sagt eine weibliche Stimme.

Sofort setze ich mich aufrechter hin und schlage mir die Hand vor den Mund. „Wer ist da?“

„Ähm ... Simone.“

„Ist das nicht Rivers Handy?“, frage ich.

„Doch, doch ... er ist nur gerade unter der Dusche. Warte kurz, ich gebe ihn dir.“

Ein eisiger Klotz landet in meinem Magen und droht, meine Eingeweide zu erfrieren. Ohne weiter darüber nachzudenken und bevor ich noch etwas Dummes sagen kann, lege ich einfach auf.

O mein Gott.

River und diese Simone ... Ich habe mich nicht nur bis auf die Knochen blamiert, nein, ich ertappe mich in diesem Moment ganz offiziell dabei, wie die Wut sich in Eifersucht verwandelt. Verdammt!

RIVER

„Wer war das?“, frage ich Simone, unsere Physiotherapeutin, die nur mit den Achseln zuckt.

„Sie hat einfach aufgelegt. Sie war ...“

Ich tippe auf dem Display meines Handys herum und sehe Lous Nummer. „... ziemlich sauer?“, vollende ich ihren Satz.

„Ja“, sagt sie und lacht verlegen. „Ist sie deine Freundin oder so?“

„Es ...“ Warum zum Teufel fällt es mir plötzlich nur so schwer, Lous und mein Verhältnis korrekt zu beschreiben? „Das ist kompliziert.“

Simone beißt sich verlegen auf die Lippe. „Im Nachhinein könnte es sich so angehört haben, als hätten wir ... na ja, du weißt schon.“

Irritiert sehe ich sie an. „Was genau?“

Sie räuspert sich verlegen und sieht ertappt auf meine

nackte Brust. „Also, wenn ich bei meinem Freund auf dem Handy anrufe und eine weibliche Stimme geht dran, die ich nicht kenne, und diese Stimme sagt, er sei gerade duschen …"

Gequält schließe ich die Augen, dann schüttle ich den Kopf. „Nein, so ist das nicht. Lou ist meine beste Freundin. Sie ist sauer auf mich …"

„Das war unverkennbar, glaub mir." Simone lacht und drückt sich demonstrativ das Ohr.

„War es sehr schlimm?"

„Oh, mein Freund, du hast ja keine Vorstellung, in welchen Schwierigkeiten du steckst. Keine Ahnung, was du angestellt hast, aber du solltest dich wohl besser entschuldigen. Vor allem, wenn du weiterhin bei ihr schlafen willst." Simone grinst und reicht mir das zweite Handtuch. „Und falls du mir glauben willst: Sie klang eifersüchtig. Ich habe da ein Gehör für. Glaub mir, oder lass es. Um deine Zerrung in der Wade kümmern wir uns morgen wieder, ja?"

Damit verlasse ich den Trakt mit den Büros und trete den verdammten Mülleimer um, der auf dem Gang steht. Glücklicherweise ist er leer, dafür kommt mir Riley Ashton entgegen, der mich mit hochgezogener Augenbraue ansieht. Bisher ist er unnahbar unterwegs gewesen, was mir aber recht ist. Jeder hat nun mal seinen Ballast, den er mit sich rumschleppt.

„Alles okay bei dir?", fragt er.

„Ja, alles gut. Ich versuche nur …" … die Zeit zurückzudrehen und aufzuhören, Lou auf die durchsichtige

Bluse zu starren? Oder sie und Ezra in Ruhe zu lassen? Vielleicht hätte ich sie einfach nicht beinahe küssen sollen auf Audreys Couch. Oder besser gar nicht mehr zurückkehren sollen. Ja, verdammt ... ich stecke in beschissenen Schwierigkeiten. Und trotzdem kann ich nicht aufhören, an die beiden dunkelrosafarbenen Erhebungen unter Lous durchsichtiger Bluse zu denken, die wie zwei reife Kirschen auf einem Sahnehäubchen darauf warten, gepflückt zu werden. O Gott, ich muss aufhören, mir solche Sachen auszudenken, dann fließt mein Blut vielleicht wieder zurück in mein Hirn und ich treffe nicht mehr dauernd bescheuerte Entscheidungen.

ZEHN

LOU

In den Tagen nach unserem Aufeinandertreffen gehen River und ich uns weitestgehend aus dem Weg. Er schläft noch, wenn ich das Haus verlasse, und kommt erst, wenn ich bereits schlafe. Es ist ein scheiß Gefühl. Die nächsten Tage sind wie verflucht, so viel steht fest. Nichts klappt. Egal wie viel Aufwand ich betreibe, aber die Welt scheint sich gegen mich verschworen zu haben. Immer wieder kreisen meine Gedanken um ihn und eine andere Frau, wie zum Beispiel die Blondine aus dem *Brenda's* oder diese Simone. Schläft er mit ihr? Oder mit ein paar anderen wollüstigen Weibern aus der Kleinstadt? Aber wem mache ich etwas vor? Ich kenne die Wirkung, die River auf Frauen hat. Er hat noch nie Schwierigkeiten gehabt, ein Date klarzumachen. Sie fallen ihm reihenweise zu Füßen, und auch wenn ich mich bislang nicht dazugezählt habe, fällt es auch mir zunehmend schwerer, mich seiner Anziehung zu entziehen.

Überall, wo ich hinkomme, reden sie über die *Tofino Bears*. Nicht immer wohlwollend, aber meistens drücken die Frauen ihr Wohlgefallen aus, was die Anwesenheit der sexy Sportler angeht, die fortan durch unsere Stadt turnen. Es treibt mich fast in den Wahnsinn, nicht zu wissen, was River tut. Noch viel mehr vermisse ich meinen besten Freund. River fehlt mir. Es ist seltsam, aber all die Jahre, die er weit weg war, habe ich mich ihm näher gefühlt als jetzt, wo er nur wenige Meter von mir entfernt auf dem Sofa schläft. Ich weiß, dass das Team in den kommenden Wochen zum Trainingscamp aufbrechen wird. Ein Teil von mir freut sich darauf, in meiner Wohnung wieder Platz zu haben, atmen zu können, aber der andere, viel größere Teil fürchtet sich davor.

Ich habe keine Ahnung, wie ich mit dem Gefühlskarussell umgehen soll, das ich in mir trage. Verdammter Mist. Mir wird von Karussells immer kotzschlecht.

Als er an diesem Abend nach Hause kommt, stelle ich mich schlafend. Obwohl mein Herzschlag sich automatisch beschleunigt, versuche ich, ruhig und langsam weiterzuatmen. Das ist schwer. So schwer, dass es mich fast um den Verstand bringt. Ich höre, wie er seine Schuhe am Eingang auszieht, den Schlüssel auf den Schrank legt und seine Tasche auf dem Boden abstellt. Jede verdammte Nacht sind es exakt diese Geräusche, in dieser Reihenfolge, die es mir erlauben, in den Schlaf zu finden. Sobald ich weiß, er ist da, enden die Fragen und ich schaffe es irgendwann einzuschlafen. Heute Abend ist etwas anders. Ich höre es an seinem Gang und der Art, wie er durch die Wohnung … taumelt?! Ich beiße mir auf die Unterlippe, um mich davon abzuhalten, nach ihm zu sehen. Dann stößt er gegen die Badezimmertür, die sich direkt neben meinem Bett befindet, und stößt erst einen Schmerzenslaut und dann einen leisen Fluch aus.

„Alles okay mit dir?“, rufe ich und setze mich erschrocken auf.

O verdammt, Lou! Du bist die schlechteste Schauspielerin aller Zeiten.

„Du bist noch wach?“, fragt er überrascht, macht das Licht im Bad an und ich sehe das Blut, das an seiner Braue und seinem Mundwinkel hinabläuft.

„Scheiße, Riv. Was ist passiert?“ Sofort bin ich auf den Beinen, schere mich nicht um das dünne Top, das ich über meiner Panty trage.

„Oh, das … Das ist nichts weiter. Ich hatte nur einen Zusammenstoß mit …“

„Mit?“

„Sagen wir einfach, der andere sieht schlimmer aus.“

„Riv“, mahne ich ihn, um ihm zu verstehen zu geben, dass ich hartnäckig bleiben werde.

„Vergiss es einfach.“

„Nein, das werde ich ganz bestimmt nicht tun. Du sagst mir jetzt, was los gewesen ist. Hast du dich geschlagen?“ Betrunken ist er glücklicherweise nicht. Zumindest riecht er nicht danach. Im Gegenteil. Dieser holzige, leicht süßliche herbe Duft nach Sandelholz und Anis, der ihn immer umgibt, erinnert mich an Leichtigkeit, geballte Männlichkeit und Freiheit. Bestimmt nehme ich ihm den Lappen aus der Hand und dirigiere ihn zu der Toilette, auf die er sich sinken lässt.

Er zögert. „Es ist peinlich."

„Erzähl", dränge ich und suche alles aus der Notfalltasche zusammen, die ich hier habe, seit es meine Nichte Ally gibt.

„Es gab einen Stromausfall in der Halle. Keine Ahnung, was da los gewesen ist. Jedenfalls war es stockfinster und ich bin eine Stufe hinuntergefallen."

Ich sehe ihn an und versuche, nicht zu lachen. „Du - River McLear - bist eine Stufe runtergefallen?", echoe ich.

„Ja, ja, ich weiß, wie das klingt. Schon gut."

Nur mit Mühe verkneife ich mir das Lachen. „O River. Der gestandene Eishockeystar, Tofinos Held und Schwarm aller Frauen ..."

Für einen Moment ist es wie früher und ich frage mich, was mich in seiner Gegenwart nur ständig so verunsichert.

„Also ... was ist mit deinen Bildern?", lenkt er auf ein unangenehmes Thema. Sofort spanne ich mich an. „Wirst du sie ausstellen?"

Ich zögere und zucke mit den Achseln. „Das ist noch nicht entschieden", weiche ich aus. Sein Blick gleitet zu meinem Mund und mir wird heiß. Wie es wohl wäre, ihn zu küssen? Wieso denke ich genau jetzt daran? Ausgerechnet jetzt? Nachdem er solche gemeinen Dinge gesagt hat. Genau da liegt das Problem. Freunde will man nicht küssen oder nackt sehen. Und ich will all das. Verflucht! Erst dann wird mir bewusst, wie nah wir uns eigentlich sind. Verdammt nah. Auch ihm scheint dieser Umstand nun klar zu werden.

Ich schlucke und sehe in seine Augen, die dunkler sind als sonst. Da ist ein Ausdruck, den ich zu kennen glaube. Mein Herzschlag nimmt zu. Ich atme schneller und für diesen Moment scheint alles möglich zu sein. Ich spüre, wie er die Hand an meine Taille legt.

Seine Miene wird ernster. „Aber ... dieser Typ ...“

„Ezra“, korrigiere ich ihn streng und sehe, wie River eine abschätzige Miene aufsetzt.

„Ezra ... will also deine Bilder ausstellen?“

„Er hat es angeboten, ja.“

River nickt und schweigt. Ich kann seine Missbilligung förmlich spüren und werde sofort wieder wütend. „Warum tust du das?“

„Was genau?“

„Warum machst du es mir madig?“, herrsche ich ihn an.

„Mache ich doch gar nicht. Wenn deine Bilder ausgestellt werden, freue ich mich sehr für dich.“ Seine Worte passen nicht zu der Miene voller Vorbehalte, die er aufgesetzt hat. Er schiebt seine Hände in seine Jeanstaschen und weicht meinem Blick aus.

„Wo ist dann das Problem?“ Den Wattebausch in der Hand sehe ich ihn an.

Er antwortet mir nicht und wieder komme ich mir vor, als befinden wir uns oder besser gesagt unsere

Freundschaft im Schleuderprogramm der Waschmaschine. Verdammt! Die Sache mit Ezra ist gerade erst ... nun ja, gestartet. Zuerst ist er nur an meinen Bildern interessiert gewesen, später dann hat er keinen Hehl daraus gemacht, dass er mich will. Und es ist schön, jemanden zu haben, mit dem man seine Liebe zur Kunst teilt. Ich zweifle jedoch nicht daran, dass Ezras Interesse an mir genauso sprunghaft wieder verfliegt, wie es gekommen ist. „Er steht auf meine Bilder", sage ich.

„Und auch auf dich, wie man gesehen hat."

„Wäre das so schlimm?", frage ich.

„Schläfst du mit ihm?" River sieht mich eindringlich an und ich öffne den Mund, um zu protestieren.

„Das geht dich ja wohl nichts an."

„Das werte ich als ein Ja", sagt River und schüttelt den Kopf. „Hätte ich mir denken können."

„Was soll das denn heißen? Willst du etwa andeuten, dass er sich nur für meine Fotos interessiert, weil wir Sex hatten?"

River streicht durch sein Haar. Er wirkt zerknirscht. Offenbar ist ihm auch aufgefallen, was seine Worte anrichten.

„Ich will doch nur nicht, dass du verletzt wirst."

„Natürlich, River, der große Beschützer, ist wieder da und hat das Recht, sich in mein Liebesleben einzumischen. Ich brauche deinen verdammten Schutz nicht. Ich vögle mit wem und so oft ich verflucht noch mal will. Klar?"

Verdattert starrt er mich an.

„Tu nicht so, als sei ich deine kleine Schwester und du müsstest meine Ehre retten. Ich bin kein kleines Mädchen mehr. Ich weiß genau, was ich tue und trage ganz allein die Konsequenzen dafür. Und Überraschung: Das habe ich die letzten Jahre ganz allein und ohne dich geschafft. Und nur, damit du es weißt: Das zwischen Ezra und mir ist nichts Ernstes."

Er sieht mich nachdenklich an. „Bist du wirklich ein Mädchen geworden, das sich auf nichts Ernstes einlässt?"

„Dein Ernst? Hast du mich gerade als Flittchen bezeichnet?", frage ich und hebe ungläubig eine Braue. Hat er das wirklich gerade gesagt? Das Brodeln in meinem Innern droht, die Kontrolle über meine Zunge zu übernehmen. „Wie kommst du auf die Idee, ich sei kein Mädchen für etwas Lockeres?"

Er verzieht sein Gesicht zu einer Grimasse und weicht meinem bohrenden Blick aus. „So habe ich das doch nicht gemeint, Beetle."

„Hör auf mit dem sexistischen Scheiß, River. Wir beide wissen genau, wie das gemeint war. Ich bin eine Frau und wenn ich mich zu freizügig zeige oder gar mehrere Abenteuer mit verschiedenen Kerlen habe, bin ich ein Flittchen. Wie oft hast du Sex mit irgendwelchen Weibchen, die dein übergroßes Ego als Eishockeystar streicheln? Und das ist okay? Warum sollten für mich oder irgendeine andere Frau auf dieser Welt andere Regeln gelten? Tja, ich habe ein paar Neuigkeiten für dich, Mr. Tinder. Fick dich selbst."

Erst jetzt bemerke ich, wie ich mich in Rage geredet

habe und ihn herausfordernd ansehe. Ich bin bereit für einen Ringkampf und ich will verdammt noch mal, dass er in diesen Ring steigt. Jetzt sofort!

Wütend starren wir uns an. Der Moment, in dem alles möglich scheint, ist vorüber und ich ziehe mich zurück.

„Ich glaube, ich komm jetzt klar", murmelt er und weicht meinem Blick aus.

Ich schlucke, nicke jedoch, weil der andere weniger besessene Teil von mir vor allem seinen besten Freund vermisst.

„Gute Nacht, River", sage ich leise, trete langsam rückwärts aus dem Badezimmer und knalle die Tür hinter mir zu. Und damit schließe ich ihn und all die vagen Möglichkeiten aus. Mein stark klopfendes Herz bekomme ich nicht unter Kontrolle, auch dann nicht, als ich meine Hand fest auf meinen Brustkorb drücke.

ELF

LOU

Eine Hoffnung, die vergebens ist, wie ich ein paar Tage nach unserem Badezimmermoment feststellen muss. Sobald ich aus dem Bürokomplex trete und meinen Blick hebe, sehe ich ihn. River. Abrupt verdoppelt sich mein Herzschlag und die Schmetterlinge schlagen einen Salto. Man sollte meinen, dass ich mich mittlerweile an dieses Gefühl gewöhnt haben müsste. Er steht da, an sein Gefährt aus der Hölle gelehnt, und zieht die allgemeine und giggelnde Aufmerksamkeit meiner Kolleginnen auf sich. O Mann, ich rolle mit den Augen. Er scheint die Aufmerksamkeit, die er bekommt, gar nicht zu bemerken, denn er sieht nur mich an.

Ich höre jemanden sagen: „Ist das nicht dieser Eishockeystar?“ Ich seufze, kann aber jede Frau verstehen, die bei seinem Anblick ins Schwärmen gerät. Lässig lehnt er da, in seinen schwarzen löchrigen Jeans, bei denen meine Mom immer an Armut denkt, während er vermutlich ein

Vermögen dafür hingeblättert hat, weil sich darin ein Schildchen von irgendeinem namhaftem Modelabel befindet. Dior? Oder machen die nur Parfum? Ich habe keinen blassen Schimmer. Ich trage einfach das, was mir gefällt. Egal woher es stammt und solange ich keine Niere dafür verkaufen muss, ist mir alles recht. Seine Füße stecken dieses Mal nicht in Boots, sondern in Chucks, und das enganliegende weiße Shirt, das er trägt, spannt sich stark um seine ausgeprägte Brustmuskeln. Die schwarzen Linien auf der gebräunten Haut verleihen ihm ein verwegenes Image, genau wie die verwuschelten Haare und sein Dreitagebart. Warum muss er nur so gut aussehen? Warum muss ausgerechnet er diese neue Wirkung auf mich haben? Warum kann ich nicht weiter halbnackt mit ihm in meinem Bett schlafen, ohne dass ich dabei auf schmutzige Gedanken komme? Verdammt!

Ich erinnere mich daran, dass er sich wie ein Arsch verhalten hat, und verschränke die Arme vor der Brust, als ich erhobenen Hauptes an ihm vorbeilaufe. Natürlich tritt er mir in den Weg.

„Hey, Beetle", höre ich ihn sagen und seufze unzufrieden. Seine Stimme klingt wohlig weich und jagt mir allein mit diesem Kosenamen einen Schauer über den Rücken. Argh!

„Nenn mich nicht so", meckere ich. Ich weiß auch nicht, was mich plötzlich daran stört, aber es fühlt sich falsch an, so von ihm genannt zu werden. Es lässt mich nicht sexy und atemberaubend fühlen, sondern linkisch, wie eine kleine nervige Schwester. Bin ich das für ihn? Fühlt er das für mich?

Hat er mich deswegen wie ein Neandertaler beschützt? Oder weil er sich sorgt, ich würde irgendwie verletzt werden? Was auch immer der Grund dafür ist, er muss damit aufhören, wenn diese Freundschaft überleben soll.

„Früher hat es dir immer gefallen." Tut es irgendwie immer noch, weil es dieses besondere Band zwischen uns hervorhebt. Und dennoch ...

„Ich bin immer noch sauer auf dich", herrsche ich ihn an und sehe ihm das erste Mal wieder in die Augen. Ein Fehler. Diese Augen sind es, die es mir so schwer machen, ihm zu widerstehen. Genau wie dieses betont unschuldige Grinsen, das er nun aufsetzt.

Argh. Verdammt!

„Ich weiß. Deswegen hast du morgens laut mit den Tellern geklappert und die Türen geschlagen. Und dann diese Schuhe mit den Absätzen ..."

„Also warst du doch wach?", entfährt es mir anklagend.

„Wie soll man bei diesem Krach schlafen?" Sein schiefes Grinsen spornt die verdammten Schmetterlinge dazu an, sich erneut zu überschlagen. *Mist.*

„Deswegen habe ich mich die letzten Tage so früh verdrückt." Er zuckt mit den Achseln.

„Also hast du doch zu Hause geschlafen?", frage ich, bevor ich mich zurückhalten kann. Auf keinen Fall will ich den Eindruck erwecken, dass mir die Vermutung, er könne woanders schlafen, besonders zusetzt.

„Natürlich, wo soll ich denn sonst hin?"

Ich werfe ihm einen bedeutungsschweren Blick zu. „Du armer mittelloser Mann." Unerwartet ploppt die Frage in mir auf, warum es ihm so wichtig ist, bei mir zu wohnen. Er kann sich jedes Hotel, jede Luxuswohnung, wahrscheinlich die ganze verdammte Insel leisten, wenn er will. Liegt es etwa daran, dass er in meiner Gesellschaft sein möchte? Die Wärme, die diese Erkenntnis mit sich bringt, ist ein wunderbarer Ersatz für die frostige Stimmung der letzten Tage. „Und warum bist du dann so früh geflohen?"

„Reiner Selbsterhaltungstrieb. Ich will mein Leben nicht verlieren, weil du deine Stilettos in meine Brust rammst."

Wir sehen uns an und ich kann nicht anders, als zu lächeln.

„Das würde ich nie machen. Und das wäre alles nicht passiert, wenn du nicht diese bescheuerte Nummer abgezogen hättest."

Sein Blick wandert zum Himmel, als befindet sich dort etwas furchtbar Interessantes, das er unbedingt studieren will. Er zuckt mit den Achseln. „Jared treibt mich in den Wahnsinn, und als er sich an dich rangemacht hat, sind mir die Sicherungen durchgebrannt."

Also ist es Eifersucht gewesen?

„Du solltest wissen, dass mich solche Typen kalt lassen. Und ich bin kein kleines Mädchen mehr, das nicht schwimmen kann und von der Klippe ins Meer stürzt, River. Ich bin sehr wohl in der Lage, mich um mich selbst zu kümmern. Du kannst nicht herkommen und mir vorschreiben, wie ich leben soll."

„Vielleicht bin ich etwas übers Ziel hinausgeschossen, aber Jared ist wirklich ein ..." Er unterbricht sich, streicht mit seiner Hand über seine Stirn, als suche er nach der richtigen Bezeichnung für Jared.

„Ein hinterwäldlerischer Dreckskerl?"

Er lächelt. „So was in der Art. Jedenfalls hast du ihm ordentlich in den Arsch getreten." Er stößt einen Pfiff aus.

„Vielleicht bin ich ein klein wenig temperamentvoll und übers Ziel hinausgeschossen."

„Vielleicht? Ein klein wenig? Du bist eine verdammte Amazone, wenn du wütend bist. Jeder Drillmaster könnte sich glücklich schätzen, dich zu bekommen. Ich habe dich auf Kurzwahl, falls die Jungs beim Trainingscamp wieder aus der Reihe tanzen."

Nun lachen wir und der Bann ist gebrochen. Doch ein anderer Zauber erfasst von mir Besitz. River ist der schönste Mann, den ich kenne, und der Klang seines Lachens ist übermächtig. Das ist Teil des Problems. Diese Wirkung, die er auf mich hat.

„Es tut mir leid, dass ich dich mehr oder minder ein Flittchen genannt habe. Du hast natürlich wie jede Frau und jeder Mann genau das gleiche Recht, zu schlafen, mit wem du willst. Ich war ein Arsch."

Keine Rechtfertigung, sondern eine aufrichtige Entschuldigung, die ich annehme.

„Ich vermisse dich, Beetle." Er greift nach meiner Hand und zieht mich ein klein wenig an sich. Der verdammte Schwarm Schmetterlinge, den ich irgendwann seit seiner Rückkehr verschluckt haben muss, setzt sich wieder in Bewegung.

„Was ist nur los mit uns?“, brummt er. „Ich will nicht, dass wir uns dauernd streiten.“

„Keine Ahnung, vielleicht haben die letzten Jahre irgendwas kaputt gemacht.“

„Das will ich nicht glauben“, sagt er. „Du bist das Beste an Tofino.“

Ich sehe mich um und lache. „Ich bin mir nicht sicher, ob das aus deinem Mund ein Kompliment ist.“ Ich kenne seine Abneigung gegen diese Stadt. In dieser Hinsicht ist River immer anders gewesen als ich. Er ist wild, ungezwungen und getrieben von einer unbekannten Sehnsucht. Deswegen war schon früh klar gewesen, dass ihn nichts in dieser Stadt halten kann. Nicht mal ich. Ich hingegen liebe diese Kleinstadt. Ich liebe die kleinen Gassen mit den niedlichen Geschäften, die langen Sandstrände, das Surfen in der Idylle, für die Touristen viele Meilen auf sich nehmen, um sie nur einmal in ihrem Leben zu sehen. Ich liebe den Wald, die Natur und all ihre wunderbaren Geschenke, die ich auf Fotos festhalte. Nirgendwo finde ich mehr Ruhe als in solchen Augenblicken. Das unterscheidet uns wahrscheinlich am meisten voneinander.

Rivers und meine Hand verschränken sich miteinander und ein Prickeln zieht sich meinen Arm hinauf.

„Du bist das Beste überhaupt in meinem Leben, Lou. Bitte lass uns wieder Freunde sein.“

Wir sehen uns an und ich kann nicht anders. Ich nicke. Viel zu sehr wünsche ich mir die alte Leichtigkeit, das Lachen und Leben mit meinem besten Freund. Das Brennen in meiner Brust ignoriere ich, als wir uns in die Arme fallen. Die Wärme, die er ausstrahlt, ist so wohlig und schenkt mir die Geborgenheit, die mir oft fehlt. Die Sehnsucht nach früher ist riesig. Damals als alles so leicht und natürlich zwischen uns war. Wie Atmen. Und doch ist da noch etwas anderes. Ein Verlangen, das von mir Besitz ergreift, mich zu verschlingen droht, jedes Mal, wenn ich in seiner Nähe bin.

„In Ordnung. Freunde."

„Prima, dann schwing dich rauf."

Ich sehe ihm fassungslos hinterher, wie er zum Motorrad geht. „Ich fahre bestimmt nicht mit dir auf diesem Ding", empöre ich mich. Nicht schon wieder!

„Ach komm schon, kleiner Käfer, sei kein Frosch. Du weißt doch, den Mutigen gehört die Welt."

Ich rolle mit den Augen. „Wo willst du überhaupt hin?"

„Dorthin, wo es schön ist." Das ist unser Code für den einen Ort, an dem wir unsere Freundschaft vor vielen Jahren besiegelt haben. Damals, als mir bewusst geworden ist, dass ich mich immer auf ihn verlassen kann.

Ich sehe einen Schatten über sein Gesicht huschen und frage mich, was los ist. Die Neugier ist viel größer als mein Widerwillen, auf diesem Höllending zu fahren. Ich gebe alle Vorbehalte und meine Abwehrhaltung auf und trete zu ihm.

„Na gut, aber wir müssen kurz anhalten, um was zu essen zu besorgen. Ich sterbe sonst vor Hunger."

„Ist schon an Bord", antwortet er, grinst breit und setzt mir den Helm sanft auf den Kopf. „Ich dachte mir schon so was."

Es ist gleichermaßen beängstigend wie auch aufwühlend, dass er mich besser als jeder andere Mensch auf der Welt zu kennen scheint.

Nach einer kurzen Fahrzeit nimmt River einen Geheimweg, den die Touris und sogar viele Einheimische nicht kennen. Es geht über Stock und Stein und ich klammere mich wie verrückt um seine Mitte. Ein paar Mal kreische ich, wenn sein Hinterrad ins Schlingern gerät. Doch er ist ein guter Fahrer und er bringt mich sicher zum Trail, der zum Tonquin Beach führt. Dieser abgelegene Strand hat für uns beide eine besondere Bedeutung. Das letzte Stück zu unserem Ziel müssen wir zu Fuß überbrücken. Sobald ich meine Füße auf den errichteten Steg setze, der den gesamten Tonquin Trail durch die Natur bis zum Strand führt, werde ich von Erinnerungen überflutet. Die Luft ist erfüllt von Vogelgezwitscher und dem Brummen unzähliger Insekten. Die sanfte Brise, die vom Meer herüberweht, streicht durch die Blätter der großen Bäume und erzeugt eine Melodie, die mich in meine Kindheit zurückversetzt. Schweigend laufen wir nebeneinander her, genießen die Stille. In dieser Sekunde überkommt mich die Ruhe, die mein Herz mit Leichtigkeit füllt. Endlich. River und ich bringen den Weg unbeschadet hinter uns. Sobald wir die Bucht erreichen, bleibe ich stehen und hole tief Luft. Ich spüre Rivers Blick auf mir, doch ich fokussiere das Farbenspiel des Horizonts. Es ist schon später Nachmittag, beinahe Abend. Am Himmel befinden sich ein paar dunkle Wolken, was nicht selten vorkommt. Oft treibt der Wind diese Wolken fort. Wir sind ganz allein hier, was trotz der Abgeschiedenheit keine Selbstverständlichkeit ist. Gerade in den Sommermonaten treibt es viele Touristen hierher, die diesen Reisetipp in der Regel besuchen. Für River und mich ist dieser Platz mehr als nur eine Sehenswürdigkeit. Ich bin schon immer abenteuerlustig gewesen, wenn es um Tofinos Wälder und Strände geht, und liebe es, Fotos davon zu machen. Einer dieser Ausflüge hätte böse enden können, wenn River nicht dabei gewesen wäre, als ich von einer Klippe ins Wasser stürzte.

Die Bucht ist leer. Wie damals. Irgendwie macht mich diese Erkenntnis nervös. Nicht, weil ich mir Sorgen um meine Sicherheit mache. Nein, das ist es nicht. In Rivers Nähe fühle ich mich sicher. Meistens zumindest, denn dieses riskante Spiel zwischen uns, während der letzten Tage, ist eine andere Art Gefahr. Es ist eine Bedrohung für unsere Freundschaft. Unsicher sehe ich zu ihm zurück, beobachte das Spiel seiner Muskeln, während er eine Tasche in den Sand legt und dann seine Hände in die Hüften stemmt. Er tritt neben mich. Der Wind weht meine Locken in mein Gesicht und ich kann nicht anders, als zurück zum Horizont zu sehen. „Ich sterbe vor Hunger", verkünde ich.

River holt aus seinem Rucksack und einer Motorradtasche, die er mitgenommen hat, eine Decke, ein paar Snacks und was zu trinken. Und meine Kamera. Verwundert sehe ich ihn an.

„Du hast sie mitgenommen?"

Verlegen sieht er mich an. „Ich hoffe, das ist okay, aber ich dachte, du würdest nie ohne sie herkommen ..."

„Das ist mehr als okay. Danke!" Obwohl mein Magen knurrt, als River eine Schachtel von Luigis auspackt, deren Inhalt einen köstlichen Duft verströmt, stürze ich mich auf meine Kamera und beginne, die Einstellungen zu überprüfen. Immer wieder sehe ich durch die Linse und fasse verschiedene Motive ins Auge. Ich bin völlig in meinem Element, bis ich mich daran erinnere, dass ich nicht allein bin. Normalerweise begleitet mich niemand zu diesen Ausflügen, jedenfalls nicht in den letzten Jahren. Als ich zurückblicke, sehe ich, wie River mich beobachtet. Ich sehe durch meine Linse und mache ein Foto von ihm. Als ich den Ausdruck auf seinem Gesicht sehe, erschrecke ich mich kurz. Das Funkeln in seinen Augen jagt mir einen aufregenden Schauer über die Haut. Die Stimmung zwischen uns ist plötzlich anders.

„Warum schaust du so komisch?"

Er lacht amüsiert. „Ich bin es nicht gewohnt, von meinem Date ignoriert zu werden."

Seinem Date? Mein Puls verdoppelt sich. Das hier war doch kein Date. Oder etwa doch?

„Tja, Mr. Superstar. Du bist eben nicht für alle der Nabel der Welt."

Lüge! Zeit meines Lebens ist River der wichtigste Mensch darin, abgesehen von meiner Familie.

Er lacht laut und echt und dieser Klang erzeugt eine Gänsehaut auf meinem Körper. „Das liebe ich am meisten an dir."

Das liebt er an mir? Sanft schüttle ich den Kopf. *Lou, du musst damit aufhören.*

„Du hast keine Sekunde überlegt, bevor du mir unverblümt die Wahrheit gesagt hast. Niemals zögerst du auch nur eine Sekunde, mir ehrlich ins Gesicht zu sagen, wenn ich ein Idiot bin. Das hat schon lange keiner mehr getan." Er schluckt bedrückt. „Es gab nur einen weiteren Menschen, der mir regelmäßig den Kopf gewaschen hat."

„Deine Mom", murmle ich und ahne, auf welches schwierige Thema ich damit zusteuere. Deswegen beeile ich mich zu sagen: „Ist es nicht wunderschön hier?"

„Ja, wirklich wunderschön." Seine Stimme klingt ganz anders, beinahe fremd in meinen Ohren. Als ich zu ihm zurücksehe, begegne ich seinem Blick. Er ist auf mich gerichtet, nicht auf den Horizont. Mir stockt der Atem. Da ist er wieder. Dieser Blick. Ich kenne ihn, doch früher hat dieser Blick nie mir gegolten.

Ich denke an den ersten Moment zurück, als er mich auf diese Weise betrachtet hat. Zuerst bei Audrey, als wir uns so nah waren, und gestern dann im Badezimmer. Er ist düster, von einer Sehnsucht erfüllt, die unaussprechliche Dinge verspricht. Nur eben nicht mir, oder etwa doch?

Mein Herz und mein Kopf bringen diese Veränderung, die mit uns einhergeht, nicht in Einklang. Einerseits ist River der Mann, der mir diese Sicherheit gibt, weil er mich so gut kennt wie kaum jemand anders. Er weiß all die Kleinigkeiten von mir. Die guten und unschönen Dinge. Wie ich damals nach meiner Mandelentzündung zwei Wochen fettige Haare hatte, weil ich sie nicht waschen durfte. Oder diese peinliche Nummer mit dem Klopapier, das ich aus meiner Hose fischen musste, während die gesamte Schule zusah. Er weiß, wie temperamentvoll ich bin, dass ich oft stur und verbissen und auch schwach bin. Nicht nur im körperlichen Sinne, denn ich bin der unsportlichste Mensch, den es gibt. Meine Muskeln bestehen zu neunundneunzig Prozent aus Gummibärchen. Aber ich bin auch schwach, wenn es um mein Innerstes geht. Meine Gefühle, die ich hinter einer meterhohen Wand vor der Welt verberge. Ich muss immer tough sein, mich vor der Welt behaupten. Vielleicht, weil ich ihr und meinem Vater beweisen musste, dass ich kein kleines Mädchen bin. Diese Entwicklung scheint River verpasst zu haben. Denn ich habe mich verändert, nachdem er fortgegangen ist.

„Und? Gibt es einen anderen Ort auf der Welt, der so wunderschön ist?“, frage ich ihn aufrichtig.

„Vermutlich nicht“, gibt er zu. „Das liegt jedoch nicht an der Aussicht.“

Ich spüre das Kribbeln in meiner Magengegend, das seine Worte in mir auslösen. Unsere letzte Begegnung und nicht zuletzt dieser Beinahe-Kuss haben so viele Dinge an die Oberfläche gespült, die ich seit Rivers Rückkehr vergraben habe. Doch der Tsunami mit dem Namen River spült diese Dinge immer wieder hervor. Ich schlucke und schließe meine Augen. Doch dann sind sofort wieder diese Bilder in meinem Kopf. River in knappen Shorts, mit schweißnasser Haut, die sich über seine gestählten Muskeln spannt. River, der mit dem Kopf auf meinem Schoß eingeschlafen ist, oder sich wie eine Mauer hinter mir aufbaut, wenn mir ein Kerl zu nahe kommt. Obwohl ich vorgebe, dass mich dieses Neandertalerverhalten nervt, setzt es eine ganze Menge ungeahnte Empfindungen frei. Gefühle, die ich nicht einordnen kann und mein wohlgeordnetes Leben ins Chaos stürzen. Diese Sehnsucht, die beinahe schmerzt, weil ich ihr nicht nachgebe, ist kaum zum Aushalten. Den Drang, mit meinen Fingern durch sein Haar zu streichen, seine Lippen zu kosten, die unverschämt voll und perfekt scheinen. Ein drängendes Ziehen in meinem Unterleib zeugt von all den Dingen, die ich tun will. Mit River! Heilige Scheiße! Er ist mein bester Freund, so lange ich denken kann.

Er war immer für mich da gewesen – am anderen Ende der Telefonschnur. Immer, wenn ich ihn brauchte. Und dann war er gegangen und hatte dieses Wohlgefühl der Geborgenheit mit sich genommen, sodass ich mir eine andere Komfortzone suchen musste. Und nun ist er wieder da. So richtig. Und ich kann weder vor ihm noch diesen Gefühlen fliehen. Dieser Gefühlscocktail bringt mich nervlich noch ernsthaft in die Bredouille. Mein Herz, das so schnell schlägt, als würde ich beim Halbmarathon antreten, ist der beste Beweis dafür. Dabei stehe ich doch nur regungslos am Tonquin Beach. Das Kribbeln in meinem Innern breitet sich aus. Mit Macht versuche ich, das nervöse Zucken meiner Gliedmaßen unter Kontrolle zu bringen und konzentriere mich ausschließlich darauf, mich nicht zu bewegen, damit ich diese Gefühle nicht näher erkunden muss. O Gott, Louisa.

Er steht auf und tritt näher. „Es ist nicht wirklich so, dass ich Tofino hasse, oder diese Schönheit, die es bietet, nicht sehe." Seine Miene wird traurig und ich weiß, wie sehr ihn ihr Tod getroffen hat. „Ihr Tod damals hat einfach alles verändert. Deswegen musste ich hier weg."

„Ich weiß."

Er streicht sich durch das Haar. „Außerdem hat mein Vater diese Stadt mehr geliebt als uns. Und indem ich diese Stadt boykottiere, das, was ihm so wichtig ist, zahle ich es ihm irgendwie heim."

„O River", murmle ich und fasse nach seiner Hand, die ich leicht drücke. Unsere Hände verschränken sich miteinander.

„Wenn ich also sage, dass ich diese Stadt hasse, dann bist du davon ausgenommen, Lou. Immer und vollkommen. Du bist das Beste hier, das Beste in meinem Leben und ich darf … ich kann dich nicht verlieren. Okay?"

Ich schlucke und nicke.

„Jeden verdammten Tag, den ich hier bin, vermisse ich meine Mom mehr. Es ist, als könne ich ihre Anwesenheit in dieser Stadt spüren. Sie hat mir jeden Sonntag Pancakes gemacht und eine Tüte Toffees besorgt. Egal wie wenig Schlaf ich in der Nacht bekommen hatte, ich musste um neun Uhr morgens am Tisch sitzen, um mit ihr und Dad zu frühstücken." Das weiß ich ganz genau und das schlechte Gewissen lastet plötzlich schwer auf mir.

Er schüttelt den Kopf. „Damals habe ich das gehasst, doch heute wünsche ich es mir jeden Sonntag."

„Weißt du, wer es sich auch wünscht?", frage ich leise.

Er schüttelt immer noch mit dem Kopf, nicht weil er die Antwort nicht kennt, sondern weil er es ablehnt. „Ich bin noch nicht so weit."

Obwohl ich weiß, dass ich vermutlich auf verlorenem Posten kämpfe, sage ich: „Er liebt Tofino nicht mehr als dich oder deine Mom."

Ich erkenne den Moment genau, in dem ich alles ruiniere. Rivers Miene verändert sich, wird distanzierter. „Verteidige ihn nicht. Er hat damals seine Wahlkampagne vor das Wohl meiner Mutter gesetzt."

„Weil sie es so wollte, Riv."

„Woher willst du das wissen?"

Ich schlucke und weiß, dass ich mich auf unsicheres Terrain begebe. Falsch, das ist die Untertreibung des Jahrhunderts. Ich befinde mich mitten in der Todeszone. „Hör zu, ich weiß, du willst das nicht hören. Aber als bei deiner Mom der Krebs zurückkam, gab es keine Hoffnung mehr. Die Ärzte wussten das und deine Mom auch. Sie hat diesen Wahlkampf mit deinem Vater gemacht, damit er nach ihrem Tod etwas hat, an dem er sich festhalten kann."

Während River und sogar die Einwohner von Tofino nur einen verbitterten Mann im letzten Drittel seines Lebens sehen, der jede Veränderung verteufelt und ein zwiegespaltenes Verhältnis zum Leben seines Sohnes hat, sehe ich den einsamen und verletzten Menschen dahinter. In der Vergangenheit hat er sicherlich Fehler gemacht. Rivers Dad war lange Zeit Bürgermeister von Tofino gewesen. All seine Zeit ging damals für diese Stadt drauf, statt für seine Familie. Sogar als Rivers Mom starb. Etwas, das die Beziehung zu seinem Sohn stark beschädigt hat. Bis heute bestraft River ihn deswegen. Seit dem Tod seiner Frau ist aus dem freundlichen und aufopferungsvollen Mann ein blasser Schatten seiner selbst geworden. Er war ein strenger Vater gewesen, Rivers Verhältnis zu seiner Mom war um ein Vielfaches besser gewesen. Er hat sie so sehr geliebt. Das ist vermutlich das Einzige, was diese beiden verschiedenen Männer gemeinsam haben. Ich kann es verstehen. Janell McLear war die schönste Frau – von innen und von außen –, die ich je getroffen hatte. Nicht mal ihr Krebsleiden hatte ihr das hinreißende Lächeln rauben können. Etwas, das sie River vermacht hat. Sie war die beste Freundin meiner Mutter gewesen und bis heute vermissen wir sie schrecklich.

River reißt sich los und beendet unsere Verbindung. Aufgebracht sieht er mich an. „Warum verteidigst du ihn?"

„Weil ich das große Ganze sehe, Riv."

„Wie soll das gehen? Du warst damals ein Teenager, genau wie ich. Du warst nicht dabei, wenn sie sich gestritten haben, wenn Mom sich die Seele aus dem Leib gekotzt hat und vor Schwäche kaum sprechen konnte. Woher also nimmst du diese Überzeugung?"

Ich hole tief Luft. Jetzt muss ich es ihm sagen. „Ich habe viel Zeit mit ihm verbracht, seit du fortgegangen bist."

„Was soll das heißen?" Er sieht mich an, als hätte ich ihn verraten.

„Wir sehen uns jeden Sonntag zum Frühstück."

„Das soll wohl ein Scherz sein? Du hast seine Seite gewählt?"

Wie von Sinnen steigert er sich in diese grenzenlose Wut hinein und ich fürchte in dieser Sekunde, dass ich ihn nicht mehr zurückholen kann.

„Ich wähle keine Seite. Es gibt keine. Ihr beide seid in tiefer Trauer um einen Menschen, der euch nicht nur alles bedeutet, sondern auch miteinander verbunden hat. Jeder hat schreckliche Dinge gesagt, und dein Vater wird vermutlich nicht die Auszeichnung als Vater des Jahres bekommen. Aber, River, er hat diesen Wahlkampf nur gemacht, weil deine Mom es so wollte. Und das weiß ich nicht nur von ihm, sondern auch von meiner Mom. Erinnerst du dich? Sie war und ist bis in alle Zeit die beste Freundin deiner Mutter. So wie du und ich beste Freunde sind. Sie kennt all ihre Geheimnisse."

Er schüttelt unentwegt den Kopf. „Ich kann das nicht

glauben. Du hast nie etwas davon gesagt. Kein Sterbenswörtchen."

„Du wolltest nie über deinen Vater sprechen. Es gab keinen Moment, in dem ich es hätte sagen können."

„Das ist Quatsch und das weißt du ganz genau." Er kommt näher. „All diese Dinge, die ich nicht von dir weiß. Langsam weiß ich nicht mehr, wer du bist. Die Bilder, die du mir nie gezeigt hast, dass du Poolbillard spielst, als hättest du die verdammte Meisterschaft gewonnen, und diese Sache mit meinem Vater ..."

„Du warst fünf Jahre weg, River. In dieser Zeit haben wir nur telefoniert. Jeder von uns hat sich weiterentwickelt. Oder willst du mir weismachen, du hättest mir jedes Detail deines Lebens erzählt? Von all deinen Frauengeschichten? Von dieser Sache, die deine Karriere zerstört hat? Wenn du mir vorwerfen willst, dass ich anders bin, dann ja, das bin ich. Natürlich habe ich mich verändert. Genau wie du!"

Seine Miene verschließt sich kaum merklich, sodass ich genau weiß, jeder weitere Vorstoß würde nur an seinem Panzer abprallen.

„Es tut mir leid, dass ich dir nicht davon erzählt habe. Ich hätte es tun können und vielleicht auch müssen, aber ich wollte das nicht. Diesen Moment zwischen uns. Wie dir ist auch mir unsere Freundschaft sehr wichtig. Ich will dich nämlich auch nicht verlieren, verstehst du?"

Um ein bisschen Distanz zwischen uns zu bringen, entferne ich mich von ihm und sehe zum Horizont. Die dunkle Wolkendecke ist näher an uns herangerückt.

Würde es doch ein Unwetter geben? Die einzelnen Sonnenstrahlen, die zwischen den tiefhängenden Wolken hindurchscheinen, erzeugen eine atemberaubende Atmosphäre. Egal wie bedrohlich und düster es scheint, es ist ein überwältigender Anblick.

„War ein Unwetter angesagt?", höre ich River fragen. Seine Stimme klingt noch immer zornig.

„Ich weiß nicht. Ich habe die Wetter-App nicht gecheckt, weil ich nicht beabsichtigt hatte, einen Ausflug hierher zu machen."

River zückt sein Handy und tippt auf dem Display herum. „Tatsächlich. Das erklärt vermutlich auch, warum keine Menschenseele hier ist. Lass uns lieber aufbrechen."

„Ich mache noch ein paar Fotos."

„Lou, du weißt, wie schnell das gehen kann."

„Hast du etwa Angst?", frage ich und hebe herausfordernd eine Braue.

„Im Ernst?"

„Geh ruhig, wenn du so ein Angsthase bist", sage ich und sehe mit Erleichterung, wie sich seine Mundwinkel gegen seinen Willen heben. Schon als Kinder haben wir uns damit gegenseitig geärgert und immer wieder aufs Neue herausgefordert.

„Als wenn ich dich hier allein lassen würde." Mit todernster Miene stemmt er die Hände in die Hüften und stöhnt. „Deine Eltern würden mich umbringen."

„Meine Eltern lieben dich. Ganz besonders mein Vater."

„Das würde sich ganz schnell ändern, wenn man deine Leiche aus dem Meer fischt, nachdem ich dich mitten in einem Unwetter zurückgelassen habe."

„Das Unwetter ist noch weit genug weg." Die ersten Regentropfen fallen auf uns nieder. Ich rolle mit den Augen. Es hätte sich keinen ungünstigeren Zeitpunkt aussuchen können, um sich auf Rivers Seite zu schlagen.

„Aha ... so viel also dazu."

„Wie oft denkst du, bin ich in den letzten Jahren ohne dich hier unterwegs gewesen? Ich komme hervorragend ohne dich zurecht."

„Wirst du je aufhören, mir ständig unter die Nase zu reiben, dass ich so lange weg war, du wunderbar ohne mich klarkommst und ich mich gefälligst aus deinem Leben raushalten soll?"

Ich überlege kurz und antworte: „Wahrscheinlich werde ich so lange nicht damit aufhören, bis du endlich aufhörst, mich wie deine kleine Schwester zu behandeln und dich wie ein Neandertaler zu benehmen."

Offenbar hat ihm mein Ausbruch die Sprache verschlagen, denn er starrt mich verblüfft an, ganz so, als sehe er mich das erste Mal so richtig.

„Warum ist das nur so zwischen uns?", fragt er plötzlich leise.

Ruckartig wende ich mich zu ihm um, sodass er abrupt im Sand stehen bleiben muss, um mich nicht umzurennen. „Tja, vielleicht, weil du so ein chauvinistischer Arsch bist?", schlage ich wenig diplomatisch vor.

„Vielleicht bin ich das. Oder vielleicht bringt mich die

Vorstellung, dass du mit einem Kerl solche Dinge tust, um den Verstand ..."

Ich sehe River an, wie er da steht mit seinem Achselshirt, den vielen Armbändern an den Handgelenken, die bei seinen wilden Gesten hoch- und runterrutschen. Ich beobachte das Spiel seiner ausgeprägten Armmuskeln, die mit einzelnen Tattoos verziert sind. Wiederholt streicht er durch sein Haar und tritt schließlich mit Wucht gegen die Tasche. Alle liebevoll gepackten Dinge fliegen heraus und verteilen sich über den Sand. Ihn umgibt eine Verzweiflung, die ebenfalls in mir wütet, wie das Unwetter, das gerade auf uns zurollt.

„Irgendwie scheint im Moment alles schief zu gehen. Jede beschissene Entscheidung, die ich treffe. Jede einzelne scheint mich weiter von dir fortzutreiben, egal wie sehr ich auch versuche, zu dir zu gelangen. Ich stoße dich fort und ich ..." Plötzlich sieht er mich aufrichtig an. „Ich ertrage den Gedanken nicht, dass nicht ich dieser Kerl bin, der all diese Dinge mit dir tut. Verstehst du, was ich dir sagen will, Lou? Ich will dieser Kerl sein. Und glaub mir, ich weiß, wie verrückt das ist. Ich habe alles getan, um mich davon abzuhalten. Ich bin dir aus dem Weg gegangen, habe von früh bis spät trainiert ... "

„Du hast Ezra abgelehnt, mit dieser Simone geschlafen und dich mit Jared geprügelt?"

„Ich hab nicht mit Simone geschlafen. Wie kommst du denn darauf?"

„Hast du nicht?", frage ich atemlos.

Langsam tritt er auf mich zu. „Ich habe alles getan,

um nicht mit dir zu schlafen. Weil ich unsere Freundschaft retten will. Ich will dich nicht verlieren, aber das eine scheint immer die Konsequenz aus dem anderen zu sein und …“ Aufgewühlt streicht er durch sein Haar.

Und dann öffnen die Wolken ihre Schleusen. Riesige Regentropfen prasseln auf den Sand und uns nieder. Doch keiner von uns regt sich. Mein Atem beschleunigt sich und meine Brust hebt und senkt sich heftig, als sei ich den gesamten Weg hierher gerannt. Zu ihm. Und plötzlich weiß ich, dass es genau so ist. Wir stehen hier, nicht weit voneinander entfernt, zum Greifen nah, und doch scheinen wir immer wieder voneinander weggetrieben zu werden. Wie zwei Boote, die von der Strömung in verschiedene Richtungen getragen werden. Die Regentropfen vervielfachen sich und durchnässen unsere Kleider in Sekunden. Ich schlucke. Mein Herz rast. Ich spüre diesen überwältigenden Drang in meiner Brust.

Er will mich. Genauso sehr wie ich ihn.

Es sind drei Schritte zu ihm. Reflexartig fängt er mich auf und hebt mich mühelos hoch, um den Größenunterschied auszugleichen. Während meine Arme sich um seinen Hals klammern, schlingen sich meine Beine um seine Mitte. Wir sehen uns an und ich versinke in den endlos grünen Weiten seiner Augen. Das Glühen in meiner Mitte breitet sich in meine Gliedmaßen aus, erfüllt mich bis in die letzte Faser meines Körpers. Er hält mich fest, genau so, wie ich es mir vorgestellt habe. Sekundenlang sehen wir uns an, dann fällt sein Blick auf meinen Mund. Und endlich … endlich treffen sich unsere

Münder. Unser Kuss ist nicht zurückhaltend oder gar keusch. Wie von selbst teilen sich unsere Lippen, sodass unsere Zungen aufeinandertreffen, was ein Feuerwerk in meiner Brust entzündet. Ich bade in dem berauschenden Gefühl, das wie eine Walze jeden noch so leisen Zweifel niedermacht. Ich spüre Rivers Hände, die über meinen Hintern hinauf zu meinem Rücken streichen und mich an ihn ziehen, als würden wir miteinander verschmelzen. Jeder Zentimeter meiner Haut, den er berührt, scheint in Flammen zu stehen. Wie oft sind wir uns nah gewesen und doch hat es immer diese eine Grenze gegeben. Sie jetzt zu überschreiten, ist gleichermaßen beängstigend wie berauschend.

ZWÖLF

LOU

Das Grollen des Gewitters kommt näher und reißt uns schließlich auseinander. „Komm, lass uns aufbrechen. Da rollt was Großes auf uns zu."

„Aber …"

„Diskutierst du etwa schon wieder mit mir?", fragt er ernst, kann jedoch sein Lachen kaum unterdrücken.

„Nein, ich wollte nur anmerken, dass wir es vermutlich nicht mehr bis nach Hause schaffen werden."

„Ich hab da eine Idee", murmelt er und packt eilig die paar Sachen in die Tasche, ehe er meine Hand in seine nimmt.

Wir laufen über den Strand, folgen dieses Mal jedoch nicht dem Trail, sondern laufen querfeldein. Etwas, von dem jedem Touristen abgeraten wird, denn die unbefestigten Wege sind unsicher, ganz zu schweigen von Begegnungen mit Bären. Sie sind selten, kommen aber vor, vor allem im wilden Waldgebiet. Während ich und meine Gummibären-Muskeln gegen den Sand kämpfen, scheint River der Aufstieg nicht das Geringste auszumachen. Er ist nicht mal außer Atem. Mittlerweile sind wir bis auf die Haut durchnässt und das Unwetter hängt dicht über uns. Noch bevor ich meine Sorge äußern kann, ob er weiß, wo er hinläuft, taucht vor uns eine kleine Hütte auf.

River sieht mich triumphierend an. „Wusste ich's doch." Die Hütte ist kaum mehr als ein Schuppen. Es sieht aus, als sei schon eine ganze Weile keiner mehr hier gewesen. Der Wald hat sie förmlich in seine Fesseln genommen. Unkraut wuchert die Wände hinauf. Es erinnert mehr an eine Abstellkammer oder einen Ort, den Menschen in Horrorfilmen aufsuchen würden. Rivers Bemühungen, die Tür zu öffnen, enden mit etwas mehr Gewalt, doch er schafft es. Dann öffnet sich die Tür, er dreht sich zu mir um und reicht mir seine Hand. Einen Augenblick zögere ich. Weiß ich, worauf ich mich einlasse? Dieser Kuss hat etwas in Gang gesetzt. Etwas Gefährliches. Etwas, wovon wir nicht wissen, was das für unsere Freundschaft bedeutet. Doch ich kann nicht mehr zurück. Zu verlockend ist das wilde Verlangen, das wie heiße Lava durch meine Adern fließt und jede Zelle, jede Faser meines Körpers überflutet und jeden Zweifel niederbrennt. Sein glühender Blick ruht auf mir, düster, gefährlich und sehr, sehr verlockend. Ein kleiner Funke Sorge schwingt im Ausdruck seiner Augen mit. Seine

Hand zittert leicht und sein Atem geht stoßweise. Ob er friert? Oder denkt er auch daran?

„Was ist, Beetle?“

„Den Mutigen gehört die Welt“, murmle ich und lege meine Hand in seine. Warme Finger umschlingen sie und er zieht mich hinter sich her.

Die Tür fällt hinter uns zu und für einen Moment sehe ich nichts. Es dauert etwas, bis sich meine Augen an die Dunkelheit gewöhnt haben. Bis auf ein kleines Fenster am Ende des Schuppens gibt es keine Lichtquelle. River zieht sein Handy hervor und betätigt die Taschenlampe. Dann sehen wir uns um. Es ist ein Schuppen, der zu einem großen Anwesen am Rande von Tofino gehört. Allgemeines Gerümpel steht hier rum. Zeug, das keiner zu vermissen scheint. Ein altes Sofa, ein paar Schränke und sogar ein Kühlschrank. Kartons stapeln sich in einer Ecke und alles in allem scheint schon lange keiner mehr hier gewesen zu sein. Bleischwere Stille erfüllt diese Hütte. Schweigend breitet River die Decke, die er für unser Picknick eingepackt hat, auf dem staubigen Sofa aus. Ich setze mich. Er bleibt jedoch stehen, lehnt sich immer noch schweigend an die Wand, die langen schlanken Beine überkreuzt und die Arme verschränkt. Mein Herz schlägt so schnell wie ein Maschinengewehr und das hat nicht nur etwas mit dem sportlichen Aufstieg zu tun.

Rivers große und breite Gestalt hebt sich dunkel vor dem dämmrigen Licht in der Hütte ab und mir verschlägt es die Sprache. Obwohl ich kaum etwas sehen kann, schon gar nicht den Ausdruck seiner Augen, ist es, als könne ich seinen Blick auf meinem Körper spüren. Jeder Zentimeter meiner Haut scheint plötzlich in Flammen aufzugehen. Ein aufregender Schauer durchfährt mich.

„Riv?", frage ich leise.

„Weißt du, dass ich niemand anderem erlaube, mich so zu nennen?"

Ich runzle die Stirn. Das weiß ich nicht, aber was will er damit sagen?

„Der einzige Mensch, von dem ich diesen Kosenamen hören will, bist du. Ich hab lange nicht verstanden, warum, aber seit ich zurück bin … ist es …"

„… anders."

Ich sehe ihn noch immer nicht richtig, aber ich glaube, ein Nicken erkennen zu können.

„Und der einzige Mensch, mit dem ich darüber reden kann, ist plötzlich nicht mehr da."

Das verstehe ich dagegen sehr wohl. „Was würdest du dieser Person denn sagen, wenn du es könntest?"

Er tritt einen Schritt vor, hält dann jedoch inne und streicht sich überfordert durch sein Haar. So wie er es immer tut, wenn er unsicher ist.

„Ich würde ihr sagen, dass da dieses Mädchen ist …" Er bricht ab und stößt sich von der Wand ab. „Das ist bescheuert."

„Da ist dieses Mädchen?", dränge ich ihn, während mir mein Herz bis zum Hals schlägt.

„Es macht mich nervös, wenn sie in der Nähe ist, und

auch, wenn sie es nicht ist. Ich kann dann an kaum etwas anderes denken als daran, was sie vielleicht gerade tut. Ich bin machtlos dagegen. Kann nicht aufhören, sie anzusehen, mir Dinge vorzustellen ..."

„Welche Dinge?", krächze ich und spüre, wie meine Brust sich viel schneller als gewöhnlich hebt und senkt.

„Dinge, die man nicht mit der besten Freundin tun sollte. Unaussprechliche Dinge, die ..." Und wieder streicht er durch sein Haar.

„Die?", bringe ich atemlos hervor.

„Die alle Probleme lösen oder alles zerstören könnten."

Ich schließe meine Augen und hole tief Luft.

„Was würde mir diese Person also raten zu tun, wenn ich sie fragen dürfte?"

Ich hole mehrfach tief Luft, gehe in mir auf die Suche nach der einzig richtigen Antwort, die irgendwo darin verborgen liegt. Tief begraben unter all den Zweifeln, der Unsicherheit und der Angst. Vor allem unter der Angst, den einen Menschen zu verlieren, der mein ganzes Leben schon mein Halt gewesen ist und es nun ins Chaos stürzt.

„Lou?", fragt er leise.

„Ich würde ihm raten, mutig zu sein", höre ich mich sagen. „Mutig, einen Schritt zu wagen und abzuwarten, was passiert. Denn dieser Mann hat mir immer gesagt, den Mutigen gehört die Welt."

River hält inne, sekundenlang, dann kommt er näher, reicht mir eine Hand, die ich ergreife, und zieht mich hoch. Anschließend umfängt er meine Taille mit beiden Händen und zieht mich an sich.

„Kluger Mann", murmelt er. „Bestimmt auch sehr gut aussehend, oder?"

Ich stöhne, lache jedoch auch. Dieser Kerl macht mich verrückt.

Obwohl ich nicht mehr auf dem Sofa hocke, bin ich ihm größentechnisch unterlegen, sodass er sich nach unten beugen muss. Sanft streicht er mein Haar zurück. Sein Atem streift meine Wange und löst einen aufregenden Schauer in mir aus. Ich schlucke gegen die ausgedörrte Kehle an, während die Schmetterlinge in meinem Bauch einen Salto schlagen. Sein Gesicht nähert sich meinem. Kurz vorher hält er inne.

„Ich kann mich nicht länger von dir fernhalten, Lou", murmelt er schuldbewusst und mit einem Hauch Verzweiflung.

„Dann tue es nicht", raune ich ihm zu.

Ganz plötzlich überbrückt er die letzte Distanz und küsst mich. Seine Lippen sind weich und warm. In der Sekunde, in der sie meine berühren, werden wir von einem Strudel erfasst, dem keiner von uns etwas entgegenzusetzen hat. Der Sog zu ihm ist so stark, dass ich mich ihm hoffnungslos ergebe. Es ist gleichermaßen aufregend wie erleichternd, dieser beflügelnden Kraft endlich nachzugeben. Zärtlich bittet seine Zunge um Einlass, den ich ihm sofort gewähre. Meine Sinne explodieren, als ich von ihm koste. Pfefferminz von dem Kaugummi, was er kurz zuvor noch gekaut hat, schmecke ich heraus, aber da ist noch eine Süße, die mir wohlig vertraut ist. Toffees. Diese Entdeckung ist übermächtig. Während all die anderen Empfindungen in Rivers Armen so neu und wunderbar sind, tröstet es mich, etwas Vertrautes wahrzunehmen. River McLear ist zweifellos der unverwechselbarste Mensch, den ich kenne. Niemand hinterlässt so eine tiefe Spur in meinem Leben wie er. Egal auf welche Weise.

Seine Hand umfängt meinen Nacken und sein intensiver Blick gleitet von meinen Augen zu meinem Mund. Mit Hingabe zeichnet sein Daumen leichte Kreise auf die empfindsame Stelle unterhalb meines Ohres und jagt heiße Impulse durch meinen Körper. Ich schlucke angestrengt gegen die Trockenheit in meiner Kehle an und kann das Verlangen, das mein rasender Puls durch meine Adern peitscht, nicht bremsen. O Gott, wenn diese simple Berührung solche Gefühlsstürme in mir freisetzt, kann ich mir kaum ausmalen, wie das weitergehen soll.

Seine Hand drängt meinen Körper gegen seinen. Nur zu gern schmiege ich mich an diese Härte. Meine Arme schlingen sich um seinen Hals, um ihm möglichst noch näher zu kommen. Aber da ist noch mehr. So viel mehr zu entdecken, und ich will alles. Endlich scheint alles einen Sinn zu ergeben. All der Ärger und die Unsicherheit, die uns umgeben haben, scheinen nun zu einem Ende gekommen zu sein. Ich kann es nicht glauben. Mein Herz schlägt schmerzhaft gegen meine Brust.

Langsam löst er sich von mir, setzt mich ab, nur um sich mit etwas Mühe das Shirt über seinen Kopf zu ziehen, das noch immer wie eine zweite Haut an ihm klebt. Ich sehe ihm dabei zu, bewundere seinen gestählten Oberkörper und strecke die Hand aus, um die feinen schwarzen Linien unter seiner Haut nachzuzeichnen. Er sieht mir dabei zu und lächelt. Als wisse er, was dieser intime Moment mit mir macht. Dann küssen wir uns erneut, dieses Mal mit viel weniger Vorsicht und noch mehr Hingabe.

Die Empfindungen, die durch meinen Körper gleiten, sind mir neu. Denn so wie mit ihm hat es sich noch nie angefühlt. Ich will ihn. So sehr. Und es gibt so viel von ihm. Ich streiche über seine muskulösen Schultern, gleite über seinen Bizeps und wieder zurück über seinen ausgeprägten Brustmuskel. Seine Brustwarzen ziehen sich zusammen. Die pulsierende Beule, die sich in seiner Hose gebildet hat, drängt sich gegen meinen Bauch. Ein aufregender Schauer gleitet über mich. Ich bin keineswegs unerfahren, aber mit River ist alles gleichermaßen neu wie vertraut. Seine Fingerkuppen streichen federleicht über meine nackte Haut und erforschen jeden Zentimeter meiner erogenen Zonen und stecken jede Faser in Brand. Die Erregung, die durch meinen Körper jagt, ist berauschend, wie eine Droge beflügelt sie mich. River zieht mich zu sich hoch, sodass ich automatisch meine Beine um seine Hüften schlinge. Meine heiße Mitte liegt auf der immensen Beule. Instinktiv reibe ich mich an ihr, nur noch getrennt von dem lästigen Stoff unserer restlichen Kleidung. River entfährt ein Stöhnen. Sanft bettet er mich auf das Sofa und begräbt mich unter sich. Als er sich über mich beugt, sieht er mich für einen Moment einfach nur an. „Weißt du eigentlich, wie wunderwunderschön du bist?"

Ich sage nichts und streichle nur sanft über sein kantiges, von Bartstoppeln übersätes Gesicht, die kräftige Nase, ausgeprägten Augenbrauen, von denen eine von einer Narbe geziert wird, die schon so lange dort ist, dass ich mich nicht daran erinnern kann, ihn irgendwann mal ohne gesehen zu haben. Im Laufe seiner Karriere hat sein Körper ein paar Blessuren erworben, aber diese Narbe ist eine bleibende Erinnerung an unsere Kindheit. Er hat sie erworben, als er mir ins Meer hinterhergesprungen ist, um mich zu retten. Sie ist der Grund für die Sieben, die als Symbol für Rivers sieben Leben steht. Zärtlich fährt mein Daumen über seine vollen Lippen. Gebannt sehen wir uns in die Augen. Dieses Mal ist der Kuss intensiver, wilder und noch heißer. Es ist, als wären wir fremdbestimmt. Von der Leidenschaft erfasst und gelenkt. Ich kann unmöglich aufhören und ich hoffe, er tut es ebenfalls nicht. Ich koste jede Berührung seiner Zunge aus. Dann löst er seine Lippen von meinen und richtet sich ein wenig auf. Eine Leere erfüllt mich plötzlich, aber Rivers begieriger Blick richtet sich auf meinen Körper. Seine Hand streicht über mein Schlüsselbein, zu meinem Träger hinab, schiebt ihn hinunter, sodass zuerst nur die Schulter frei liegt. Doch dann entblößt er meine Brust. Ich schlucke, als ich das Funkeln in seinen Augen sehe. Gefällt ihm, was er sieht? Meine Brüste sind bei Weitem nicht so voll wie bei den anderen Frauen, die sonst in seinem Bett landen. Und doch sieht er nicht enttäuscht aus. Seine Fingerkuppe streicht über die empfindsame Haut, ehe sie auf meine Knospe trifft. Ich stöhne auf und drücke meinen Rücken instinktiv durch. Langsam beugt er sich vor und ersetzt seine Finger durch seinen Mund. Nun keuche ich und hebe mich ihm entgegen. Er knabbert, liebkost und leckt sie. Immer und immer wieder streiche ich durch sein volles Haar. Ich will jede Sekunde auskosten. Ich will mehr von diesen Gefühlen, die zuvor zurückgehalten worden sind und nun hervorbrechen wie dieser Sturm dort draußen. Wild und ungezügelt. Ich kann nicht anders und stöhne seinen Namen. Alarmiert richtet er sich zu mir auf.

„Hör ja nicht auf", murmle ich und ernte ein breites Grinsen, das einem Versprechen gleicht. Dann drängt er sich sanft zwischen meine Beine und seine Hand streicht hinab zu der Innenseite meines Schenkels. Rauf und runter fährt er darüber und immer wieder nähert er sich meinem Spitzenhöschen. Die Erregung schlägt hohe Wellen in meinem Innern, als seine Zunge über meinen nackten Oberkörper gleitet bis hinab zu meinen Shorts. Er hakt seine Finger unter den Stoff und zieht daran. Ich hebe meine Hüften an, um ihm zu helfen, und fühle mich seltsam berauscht, als ich vollkommen nackt vor ihm liege. Er steht vom Sofa auf und keucht, als er mich ansieht. Dann zieht er seine Shorts aus und der Anblick seines großen steifen Penis bringt mich fast zur vollkommenen Ekstase. Er ist gut bestückt und meine Mitte zieht sich vor Vorfreude heftig zusammen. Langsam klettert er zurück, schiebt sich über mich und küsst mich erneut. Er lässt seine Hand über meinen Körper wandern, streicht mit seinen Fingern immer wieder über die Innenseite meiner Schenkel. Dabei nähert er sich erneut ein ums andere Mal seinem Ziel. Er schürt das Feuer, bis es lichterloh in mir brennt, spielt damit und treibt es bis auf die Spitze, ohne je die eine Stelle tatsächlich zu berühren. Ich bettle förmlich darum, er möge endlich weitermachen, als er mein stummes Flehen schlussendlich erhört und seine Finger auf mein warmes, feuchtes Fleisch treffen. Ich drücke meinen Körper durch und stöhne in seinen Mund. O Gott ... Immer und immer wieder kreist er um den Punkt, der mich erzittern lässt, nur um dann mit einem Finger in mich einzudringen. Doch es ist nicht genug, da ist diese Sehnsucht, dieses Drängen, das mich beinahe um den Verstand bringt. Ich will, dass er es ist, der mich ausfüllt, will mich mit ihm vereinigen. Eins werden.

„Riv“, keuche ich.

„Ich weiß“, keucht er. „Ich halte es auch kaum noch aus, aber das ist das Beste.“ Dann endlich lässt er nicht mehr kurz vor dem Höhepunkt los, sondern jagt mich über die Klippe. Ich ergebe mich, lasse mich von dem Strom mitreißen. Mein Atem geht stoßweise und ich keuche seinen Namen. Meine Gliedmaßen zucken, als würde der Höhepunkt wie ein Blitz durch mich hindurchgleiten. Nur langsam kehre ich in das Hier und Jetzt zurück und sehe River in die grünen Augen. Verlegen lächle ich ihn an, drehe mich ein wenig zur Seite und streichle seinen Körper hinunter, bis ich seinen Steifen erfasse. Er schließt gequält die Augen und ich fürchte schon, etwas falsch gemacht zu haben, als er meine Hand festhält.

„Wenn wir das zu Ende bringen wollen, muss ich einschreiten." Zuerst begreife ich nicht, doch dann sehe ich, wie er ein Tütchen in die Höhe hält, es aufreißt und das Kondom überzieht. „Ich will dich nehmen, Lou, und nicht wie ein pubertärer Teen in deiner Hand kommen. Keine Ahnung, was du mit mir tust, aber seit ich auf deiner Couch schlafe, geschehen seltsame Dinge." Verzweifelt bricht er ab und begräbt mich unter sich. Zärtlich spreizt er meine Beine, schiebt sich dazwischen und dann spüre ich ihn. Sein Penis scheint zum Zerreißen gespannt und ich sehe die Lust in seinem Blick, die dunkel und beinahe gefährlich auf mich wirkt. Ich hebe meine Hüften an und er dringt mit einem animalischen Stöhnen in mich ein. Meine Beine schlingen sich um seine Mitte und in der Sekunde, in der wir uns vereinen, weiß ich, dass ich nie wieder mehr empfinden kann als in diesem Moment. All die übermächtigen Gefühle dringen auf mich ein, lassen mich meine Hüften kreisen und mit ihm einen gemeinsamen Rhythmus finden. Immer und immer wieder stößt er in mich. Jede Bewegung scheint darauf abgestimmt zu sein, mir die größte Wonne zu bereiten. Ich lasse mich mitreißen, wispere unaussprechliche Dinge in sein Ohr, die ihn dazu antreiben, weiterzumachen. Bis zu dem Moment, in dem ich mich kaum zurückhalten kann, vernehme ich seine Bitte: „Sieh mich an. Ich will in deine Augen sehen, wenn du kommst." Ich tue es und werde von dem berauschenden Gefühl mitgerissen, als ich das Verlangen in seinen Augen glitzern sehe. Da erfasst mich die Welle erneut und ich höre, wie River aufkeucht und meinen Namen in die Nacht hinausruft. Wir klammern uns aneinander, um so nah beieinander zu sein wie eben möglich.

DREIZEHN

RIVER

Nackt neben Lou zu liegen, überwältigt mich. Ich bin im Himmel. Anders kann es nicht sein. In einer Hütte zu liegen, nachdem ich den besten Sex meines Lebens mit meiner besten Freundin gehabt habe, um anschließend kalte Pizza aus einem durchweichten Karton zu essen, kommt auf die Liste der Top drei Momente in meinem Leben. Generell habe ich jeden Moment auf dieser Liste mit Lou verbracht. Ich kann nicht genug davon bekommen, ihr Gesicht anzusehen. Dieser Zauber, den ihr Lächeln umgibt, das Funkeln in ihren Augen, das der Orgasmus ihnen verliehen hat. Und ich will sie schon wieder. Der Sturm hat nachgelassen, als ihr Handy klingelt.

Lou greift danach und reißt die Augen auf. „Oh, verdammt!"

„Was ist los?"

„Was haben wir für einen Tag?"

„Ähm ... Mittwoch?“

„O Gott!“ Hastig springt sie auf und beginnt, ihre nassen Klamotten vom Boden aufzusammeln.

„Was ist?“, frage ich alarmiert.

„Ich hab Audrey vergessen. Sie muss arbeiten und ich hab zugesagt, auf Ally aufzupassen. Kannst du mich zu ihr bringen?“

„Jetzt?“, frage ich entsetzt, denn jede Hoffnung auf eine zweite Runde platzt gerade wie eine Seifenblase.

„Ja, bitte.“

„Natürlich.“

Der Sturm hat sich verzogen, als wir uns auf den Weg zum Motorrad machen. In der noch feuchten Kleidung friert Lou, sodass ich ihr meine Jacke gebe, die ich im Motorrad verstaut habe.

Sobald wir vor Audreys Haustür ankommen, kommt sie herausgerannt. „Wo warst du, zum Teufel?“, herrscht sie ihre Schwester an. Dann sieht sie mich an, begutachtet unsere Kleidung und ihre Augen verengen sich zu schmalen Schlitzen. „Was ist passiert?“

„Es gab ein Unwetter, falls du es nicht mitbekommen hast.“

„Also ist der Sturm der Grund dafür, warum du dein Kleid falsch herum trägst?“

Lou errötet und wirft mir einen raschen Blick zu.

„Oder gab es da etwas anderes, was dich aufgehalten hat? Da du dich mit deinem *besten Freund* amüsiert hast, muss ich Clive jetzt erklären, warum ich zu spät bin und hoffen, dass er mich nicht feuert.“

„Es tut mir leid, Audrey", sagt Lou. Ihre Schwester nickt, drückt ihr das Babyphon an die Brust und hastet davon.

Voll schlechten Gewissens sieht Lou ihr nach und sagt dann: „Wir sehen uns später."

„Soll ich nicht lieber bleiben?", frage ich hoffnungsvoll.

Lou lacht. „Nein, fahr lieber nach Hause. Ich sollte mich auf Ally konzentrieren."

Wir sehen uns an, plötzlich weiß ich nicht, wie ich mich von ihr verabschieden soll. Das ist Lou, verdammt! Sie und ich, das ist immer schon besonders gewesen. Ich wünsche mir plötzlich, sie würde mir ein Zeichen geben, damit ich weiß, was los ist, wo wir stehen.

„Danke, fürs ... Herfahren." Sie hebt die Hand und reicht mir den Helm. Unsicher streiche ich durch mein Haar, nehme ihn an und sehe ihr nach, wie sie langsam mit dem Babyphon an die Brust gedrückt zum Haus läuft. Ich starte das Motorrad neu und biege auf die Straße ein, die eine abknickende Vorfahrtsstraße ist, und will gerade Gas geben, als jemand mitten auf die Straße tritt.

„Bist du völlig verrückt geworden?"

„Komisch, dasselbe könnte ich dich fragen." Audrey sieht mich mit finsterer Miene an. Von ihrem einst bewundernden Blick ist nichts mehr übrig geblieben. Stattdessen sieht sie mich an, als sei ich ihr Ärgernis des Tages. Ach, was sag ich da? Des Monats.

„Was ist los? Was habe ich getan?"

„Tu nicht so, McLear. Du weißt ganz genau, was ich meine: Du und Lou! Was ist das?"

Irritiert schau ich mich um. „Was denn?"

„Willst du mir ernsthaft weismachen, dass ihr beide nur in der Friendzone feststeckt?"

Sprachlos sehe ich sie an. Das Schweigen ist ihr wohl Antwort genug.

„Hah", sagt sie kopfschüttelnd. „Dachte ich es mir doch."

„Und warum ist das ein Grund, sich vor mein Motorrad zu werfen und beinahe überfahren zu werden?"

„Was tust du nur, River?", fragt sie und sieht mich traurig an.

„Was meinst du?" Verständnislos sehe ich sie an.

„Was ist das jetzt zwischen euch? Würdest du eher sagen, ihr seid beste Freunde oder beste Freunde mit gewissen Vorzügen? Oder seid ihr fest zusammen? Wirst du sie heiraten – irgendwann?"

Das ungute Gefühl in meinem Magen wird größer, drückt auf mein Herz. „Das betrifft wohl eher Lou und mich, denkst du nicht?"

„Tja, meine Schwester kennt dich zu gut. Sie würde dir diese Fragen nie stellen, weil sie genau weiß, dass du sie nicht beantworten kannst. Aber weißt du, für wen diese Antworten wichtig sind? Lou. Sie würde es nicht zugeben, aber du bist wahrscheinlich ihr Anker. Selbst nach all den Jahren ist es deine Meinung, die ihr am wichtigsten ist. Und Lou ist kein Mädchen für etwas Lockeres. Das weißt du doch genau."

Ich schüttle den Kopf und versuche, all die Worte an mir abprallen zu lassen. „Audrey, das geht nur Lou und mich etwas an."

Zornfunkelnd tritt Audrey auf mich zu und pikt mir mit ihrem ausgestreckten Finger in die Brust. „Was auch immer du hier tust, ich warne dich, River McLear. Wenn du das Herz meiner Schwester brichst, werde ich dich häuten und vierteilen. Glaube ja nicht, dass ich davor zurückschrecke, nur weil du für diese Stadt, den Eissport und Lou ein verdammter Superhero bist."

„Okay", sage ich tonlos.

„Sie glaubt, du könntest ihr nicht weh tun, aber wir beide wissen, dass das ein unabwendbares Schicksal ist. Richtig?"

Sie stemmt beide Hände in die Hüften und sieht mich zornfunkelnd an. Noch nie zuvor ist sie Lou ähnlicher gewesen. „Du wirst sie verletzen, weil du dich nicht festlegen kannst. Du willst dir nicht mal eine Wohnung nehmen, weil du immer noch unentschlossen bist, wo dein Platz auf der Welt ist."

Ein glühendes Messer trifft auf meine Eingeweide und Audrey dreht es mit den nächsten Worten um: „Sie ist der verdammt beste Mensch, den ich kenne, und sie hat keinen Kummer verdient. Schon gar nicht, wenn du der Auslöser dafür bist. Also denk darüber nach, bevor ihr diese Grenze endgültig überschreitet. Immerhin ist es Lou, die du am Ende verletzt. Das muss selbst dir etwas bedeuten."

Ich schlucke, bringe jedoch nur ein Nicken zustande,

denn an ihren Worten ist ein Fünkchen Wahrheit dran und ich fürchte mich davor, was sie wachgerüttelt haben.

Dann lächelt sie und dreht sich um. „Schön, dich gesehen zu haben, River."

Ich schließe die Augen und atme betont langsam, um das bleischwere Gefühl in meiner Brust loszuwerden, das ihre Worte hinterlassen haben.

Als Lou nach Hause kommt, gebe ich vor zu schlafen. Es ist ein haltloser Versuch, ihr auszuweichen, obwohl ich besser weiß als jeder andere, dass Lou eine Naturgewalt ist. Man kann ihr nicht entkommen. Ich weiß nicht, ob sie erleichtert ist, dass ich schon schlafe, oder betrübt. Sie geht ins Bad und nach wenigen Augenblicken höre ich die Dusche rauschen.

Lou. Nackt. In greifbarer Nähe.

Plötzlich hält mich nichts mehr auf dem Sofa. Ich springe auf, laufe von einem Ende der Wohnung zum anderen und versuche, mich von der fixen Idee abzubringen, das Bad zu stürmen und Lou an mich zu reißen. Die Vorstellung, sie nackt in der Dusche zu überraschen, ist so reizvoll, dass ich allein bei dem Gedanken daran hart werde. Ich begehre sie, insofern das möglich ist nach dem Sex mit ihr, jetzt noch viel mehr als zuvor. Der Kerl in mir, der von seinen niederen Instinkten geleitet wird, ist kurz davor, die Tür zu öffnen. Doch der beste Freund von Lou hält ihn davon ab. Das alles ist verrückt. Es ist schwierig, das, was wir hatten und das, was am Nachmittag zwischen uns passiert ist, in Einklang zu bringen. Es ist schwieriger als gedacht und ich werde von unglaublich viel Unsicherheit erfüllt. Vermutlich geht es Lou genauso. Immer und immer wieder streiche ich mir durchs Haar und zwinge mich schließlich, einfach am Fenster stehen zu bleiben. Dann wird die Dusche abgestellt und mein ganzer Körper spannt sich an, als befände ich mich auf dem Eis und kurz davor, das entscheidende Tor zu schießen. Dann öffnet sich die Tür und Lou tritt heraus. Sie ist nackt und der Sturm in meinem Innern bricht los. Heißes Verlangen fließt durch meine Adern. Ich will sie schon wieder. Und nach dem zu urteilen, was ich sehe - Lou nackt –, geht es ihr genauso. Das ist berauschend. Es scheint nun unmöglich, der Versuchung und einander zu widerstehen, als hätte der Moment, an dem wir diese Grenze überschritten haben, alles verändert. Worte sind nicht nötig. In diesem Moment lasse ich mich leiten von diesem Koloss an Gefühlen, die all das ausgelöst haben. Ich wünsche mir nichts mehr, als jeden Zweifel, jede Sorge und jede Antwortsuche von der Welle, die die Lust mit sich bringen wird, fortspülen zu lassen. Auch wenn die Flut alle Ängste wieder zurückbringen wird. Ängste, die tief in mir vergraben sind und wochenlang dazu geführt haben, dass ich die Finger von Lou gelassen habe. Ängste, die Audrey zusätzlich in mir geschürt hat. Mit Macht schiebe ich sie zur Seite. Für jetzt will ich mich in ihr, in der Leidenschaft zwischen uns verlieren.

„Lou?“, frage ich heiser. Ich muss ihre Stimme hören,

muss eine Zustimmung erhalten, bevor ich sie mir schnappe und aufs Bett werfe. Das allein bringt mich an den Rand meiner Kräfte. Ich schaffe es kaum noch, mich aufrechtzuhalten, und klammere mich an das Fensterbrett, auf das ich mich zuvor gestützt habe.

„Ja“, krächzt sie. Mit zwei langen Schritten bin ich bei ihr, umfange sie stürmisch und hebe sie hoch. Ihren Körper so nah an meinem zu spüren, ist überwältigend. Heiseres Stöhnen folgt, als ich sie küsse, schließlich auf dem Bett ablege und sie unter mir begrabe. Dann hebe ich ihre Arme und fasse sie oberhalb ihres Kopfes zusammen. Ich will sie verwöhnen, jeden Zentimeter ihrer Haut erforschen und ihr so viel Lust bescheren, bis ihr Körper vor Erregung bebt. Allerdings traue ich meiner Standhaftigkeit nicht. Es ist verrückt, aber Lou reizt mich auf diese ganz besondere neuartige Weise, dass ich mir vorkomme wie ein Teenager oder nach einem jahrelangen Klosteraufenthalt mit absoluter Sexabstinenz. Dabei ist es erst wenige Stunden her, dass wir uns geliebt haben. Sobald ihre kleinen zarten Finger über meinen Körper gleiten, bin ich nicht mehr in der Lage, mich zurückzuhalten. Sanft, aber bestimmt dränge ich mich gegen sie. Anschließend küsse ich sie, zuerst ihre vollen, rosigen Lippen. Sie schmeckt nach Zahnpasta, die sie kurz zuvor verwendet hat, und so süß wie Kirschen. Sobald meine Zunge über ihre Haut gleitet, spüre ich das Erzittern ihres Körpers. O Gott, steh mir bei. Ihre Erregung macht mich unendlich scharf. Lust überschwemmt mich und meinen Körper. Mein Schwanz ist zum Zerreißen gespannt und ich fürchte mit jeder weiteren verstreichenden Minute, die Beherrschung zu verlieren und ohne ihr Zutun zu kommen. Ich muss mich fokussieren. Mit federleichten Berührungen meiner Fingerspitzen jage ich ihre Lust hinauf. Doch ihre weiche Haut unter mir zu fühlen, zu beobachten, wie sie ihren Kopf lustvoll hin und her wälzt, ihre Zehen sich in die Bettdecke graben, verlangt mir alles ab. Aber ich verliere meine Mission nicht aus den Augen. Ich will ihrem Körper dabei zusehen, wie er aufgrund meiner Berührungen vor Lust vergeht. Meine Hände spreizen ihre Schenkel, gleiten hinauf und berühren ihr warmes feuchtes Fleisch. Fuck! Sie ist so bereit für mich. Sie windet sich und ich brauche einen Moment, um mich zu sammeln. Zu verlockend ist die Möglichkeit, sofort in sie zu dringen. Bevor uns die Lust zu einer Dummheit treibt, greife ich nach einem Kondompäckchen, das bereitliegt. Ich öffne es mit den Zähnen, ziehe das Kondom über meinen geschwollenen Schwanz. O Gott. Schließlich beuge ich mich vor, ersetze meine Finger durch meine Zunge und lecke sie. Der Laut, der über ihre Lippen kommt, erfüllt meine Brust mit einem Glühen. Sie stöhnt meinen Namen. Ihr Geschmack ist berauschend und treibt mir den Schweiß auf die Stirn, weil ich mich derart anstrengen muss, mich zu zügeln. Die Spannung, die sich in ihrem Körper aufbaut, unterbreche ich nicht, um sie und mich weiter zu quälen. So süß diese Folter vielleicht auch sein mag, ich ertrage es nicht länger. Als die Welle über sie hereinbricht, greift sie nach meinem Kopf und dirigiert ihn sanft. Es ist so ein berauschendes Gefühl, ihren Höhepunkt so direkt mitzuerleben, doch ich halte es nicht länger aus. Sanft schiebe ich mich hoch, bereit, in sie zu gleiten, als Lou mich sanft, aber bestimmt in die Kissen drückt. Sie greift nach meinem Schwanz. Ich schnappe nach Luft, dann setzt sie sich rittlings auf mich und nimmt ihn in sich auf. Heilige Scheiße! Hastig umfange ich ihre Hüften mit beiden Händen, weil ich den Moment voll auskosten will. Lou lässt sie kreisen und ich spüre den Druck, den sie mit ihren unschuldigen Bewegungen ins Unermessliche steigert. Wenn sie nur wüsste, welches Vergnügen sie mir bereitet, wie viel Lust durch meine Adern wütet. Aus lustverhangenen Augen sieht sie mich an und ich lasse von ihrem Hintern ab. Stattdessen umfasse ich ihre Brüste, knete sie und sie wölbt sich meinen Händen entgegen. Dann bewegt sie sich langsam auf und ab, reitet mich und wir verfallen in einen ganz eigenen Rhythmus. Unsere Atmung geht stoßweise, wird durch lautes Stöhnen ergänzt und treibt uns in schwindelerregende Höhen. Es ist ein übermächtiges Gefühl, als wir beide kurz nacheinander zum Höhepunkt kommen und sie auf meinem Körper zusammensackt. Ich halte sie fest in meinen Armen, ehe wir ineinander verschlungen ins Reich der Träume gleiten.

VIERZEHN

RIVER

Der Tag der Abreise zum Trainingscamp folgt nur ein paar Tage nach dem, der irgendwie alles verändert hat. Ich wache neben Lou auf. Die letzten Tage ist es uns albern vorgekommen, dass ich auf dem Sofa schlafe. Rückblickend betrachtet, hätte es mir vorher klar sein müssen, dass ich nicht ewig auf ihrem Sofa schlafen würde. Ihr so nah zu sein und damit dem inneren Drängen schließlich nachgeben zu können, ist gleichermaßen berauschend wie auch verunsichernd. Während wir uns jede Nacht aufs Neue ineinander verlieren, sprechen wir nicht einmal darüber, was die Tatsache, dass wir endgültig diese Schwelle überschritten haben, für Konsequenzen mit sich bringt. Wir genießen einfach den Moment.

Jetzt, da ich mit den Jungs für ein paar Wochen fort sein werde, kann ich mir gar nicht vorstellen, von ihr fort zu sein. Doch meine Tasche ist gepackt, und weil ich

Abschiede hasse, schleiche ich mich hinaus, bevor sie wach ist. Nicht ohne sie vorher eine Weile beim Schlafen zu beobachten. Die Sonnenstrahlen küssen Lous wunderschönes Gesicht und ich kann nicht fassen, dass ausgerechnet ich neben ihr schlafen darf.

Schweren Herzens verabschiede ich mich stillschweigend und lege eine rosafarbene Rose auf die leere Bettseite. Am gestrigen Abend habe ich sie spontan für meine Mom und Lou besorgt. Es waren die Lieblingsblumen meiner Mutter und irgendwie erinnern sie mich an Lou. Ihre zarten rosafarbenen Blüten stehen für die Sanftheit und Verletzlichkeit, die sie mit den Dornen zu schützen versucht. Es ist noch zu früh, um gleich in die Halle zu fahren und noch eine Runde zu trainieren. Dieses Mal werde ich meine Kräfte schonen und beschließe, endlich meine Mom zu besuchen. Einen Besuch, den ich lange vor mir hergeschoben habe. Auf dem Weg dahin, schaffe ich es nur knapp und mit viel Glück, einer Kollision mit einem Wagen zu entgehen.

„Bist du völlig verrückt geworden?“, herrsche ich den Typen an, der nun aussteigt.

„Hast du keine Augen im Kopf, Junge?“

Beim Klang der Stimme richtet sich jedes Haar an meinem Körper auf, denn sie ist mir nur zu vertraut. Langsam drehe ich mich vollständig zu der Person um und sehe in ein grünes Augenpaar, das dem so unglaublich ähnlich ist, das mir jeden Morgen im Spiegel entgegenblickt. Es ist Craig McLear, ehemaliger Bürgermeister von Tofino, begnadeter Poolspieler, Mistkerl vor dem Herrn. Und mein Vater.

Die Gefühle in meiner Brust scheinen plötzlich in sich zu implodieren.

„Komisch, dasselbe könnte ich dich fragen“, sage ich kurzangebunden. „Erkennst nicht mal mehr deinen eigenen Sohn.“

„Wie sollte ich auch, wenn besagter Sohn sich nicht mehr blicken lässt? Kein Besuch, kein Anruf, nicht mal eine Postkarte.“

„Dasselbe könnte man über dich sagen.“

„Du hast sehr deutlich gemacht, dass du keinen Kontakt mehr möchtest. Du hast sogar geschworen, nie wieder einen Fuß in diese Stadt zu setzen. Deswegen verzeih mir, wie hätte ich unter diesen Umständen damit rechnen sollen, dich je wiederzusehen?“

Eins zu null für ihn. „Du willst mir doch nicht verklickern, dass Tofinos Klatschbasen dir noch nicht zugetragen haben, dass ich zurück bin?“

Ein distanziertes Lächeln erscheint auf seinem Gesicht. „Du wirst dich wundern, aber Tofinos Einwohner halten mich weit weniger auf dem Laufenden, als du denkst.“

Unangenehme Stille entsteht, der ich sogleich zu entfliehen versuche, indem ich mich an ihm vorbeischieben will.

„Also ist das so? Du bist tatsächlich zurück in Tofino?“

Ich sehe ihn an und in dieser Sekunde fallen mir

sämtliche Gründe ein, warum ich damals geflohen bin. Plötzlich fühlt sich die Rückkehr wie eine Niederlage an. „Das ist noch nicht endgültig entschieden."

„Okay", sagt er und weicht zurück.

Er nickt und deutet auf die Blumen in meiner Hand. „Sind die für deine Mom?"

Wir starren uns an und unerwartet bricht diese Wut in mir hervor. Ich spüre, wie sie ihre langen Tentakeln nach mir ausstreckt und damit droht, mich mit sich in die Versenkung zu ziehen.

„Nein, für eine Freundin", lüge ich knapp.

„Komisch, es waren die Lieblingsblumen deiner Mutter."

„Sag du mir nicht, welche Blumen sie gerngehabt hat. Du hast so viel Zeit damit verschwendet, dich lieber für diese Stadt einzusetzen, statt für sie. Obwohl sie dich so dringend gebraucht hat."

Zu meinem Ärger lächelt er. „Immer noch so schrecklich wütend?" Ich schnaube.

„Dafür hab ich keine Zeit", sage ich und will erneut an ihm vorbeiziehen.

„Tja, mein Junge, das ist der Trauer scheißegal. Das hat sie in der Regel so an sich. Sie verschwindet nicht, wenn man vor ihr davonläuft, River. Sie sucht sich immer einen Weg, so wie das Wasser. Die einzige Art, ihr zu entkommen, ist, sie zu durchschreiten und all den Schmerz auszuhalten."

Ein herablassender Laut entweicht mir. Irgendwas zwischen Belustigung und Verbitterung. „Du bist tatsächlich die letzte Person auf dieser Welt, deren Ratschläge ich annehmen würde in Bezug auf dieses Thema."

Damit verschwinde ich eilig und werfe die Blumen, die Mom tatsächlich geliebt hatte, voller Wut in den nächsten Mülleimer.

Die ersten Tage des Trainingscamps sind eine Katastrophe. Trotz des engen Kontakts der Spieler untereinander schaffen wir es nicht, uns am Ende des Tages in Frieden zu trennen. Es gibt eine Rauferei nach der anderen. Jedes Spiel, selbst wenn es eine verdammte Partie *Mensch ärgere dich nicht!* ist, löst einen Disput aus.

Nach dem fünften Tag in Folge ertrage ich es nicht länger und schreite ein, als ich mitbekomme, wie sich Jared und Riley, ein eher zurückhaltender junger Spieler, beim Basketballmatch in die Wolle bekommen. Ich springe auf und gehe zwischen die beiden.

„Hey, ist gut jetzt! Jared, geh in dein Zimmer oder kalt duschen. Was auch immer dir hilft, dein Gemüt abzukühlen."

„Oh, also bist du jetzt der große Boss, oder was?", fragt Jared abschätzig.

Ich kehre ihm den Rücken zu und sehe Riley an, der ebenfalls zornig und mit geballten Fäusten dasteht. „Ich ziehe es vor, meine Schlachten allein zu schlagen, McLear", sagt er kühl.

Ich hebe eine Braue. „Okay." Und dann trete ich zur

Seite, sehe zu, wie Jared auf ihn losgeht und Riley ihm ein paar heftige Schwinger verpasst. Eine riesige Prügelei bricht aus, in die sich nun auch die anderen mit hineinziehen lassen. Nur ich lehne mich niedergeschlagen gegen die Wand. Es ist unmöglich, etwas zu tun, also warte ich, bis ihnen die Kraft ausgeht. Das eisige Gefühl, das in meiner Brust zunimmt, raubt mir die Luft zum Atmen.

Coach Keller betritt den Platz, angelockt vom Lärm. „Was zur Hölle ist hier los?", bellt er. „Und du? Wieso tust du denn nichts?", wirft er mir vor.

Ich zucke nur mit den Achseln. Hilflos sieht er dabei zu, wie sich beinahe das komplette Team prügelnd auf dem Boden herumwälzt. Statt sich selbst einzumischen, verzieht er sich schließlich.

Nach einer Weile kehrt Ruhe ein. Ich sehe in die Runde. „Fertig?" Betretenes Schweigen folgt.

Der Einzige, der nicht nur Blut und einen Zahn spuckt, sondern noch immer sein Gift versprüht, ist Jared. „Was für Schwanzlutscher seid ihr eigentlich?", ruft er. Ich trete vor ihn und sage erneut: „Geh, wasch einfach dein Gesicht und komm runter, Jared. Keiner wird sich mehr mit dir schlagen."

Plötzlich holt er aus und verpasst mir einen Faustschlag gegen die Schläfe, sodass ich leicht taumle. „Na, was ist?", ruft er begierig. Ich weiß, dass er schon die ganze Zeit darauf aus gewesen ist, sich mit mir zu prügeln. Dass ich mich zurückgehalten habe, hat ihn offenbar erst recht angestachelt.

Ich richte mich auf. „Keine Ahnung, warum du so zornig bist, dass du es ständig an diesem Team auslassen musst. Wenn es an dem Grund liegt, warum du hier gelandet bist, kann ich dich beruhigen: Für niemanden war dieses Team die erste Wahl. Jeder von uns hat seinen Grund, warum er hier gelandet ist."

„Deinen Grund kennen wir ja alle, Mr. Diplomatisch! Du hast deinen Trainer krankenhausreif geprügelt und kein anderes Team wollte dich haben. Was willst du nun tun? Mir auch die Nase brechen?" Es sind solche Kommentare, die mir normalerweise nichts anhaben können, denn dafür bin ich zu professionell. Doch nach den letzten Wochen ständigen Streits, der andauernden Kämpfe, Sticheleien und Gefühlsachterbahnen mit Lou schaffe ich es dieses Mal nicht, einen kühlen Kopf zu behalten. Statt den Raum zu verlassen, wie ich es sonst immer tue, drehe ich mich nun ruckartig zu ihm um und sehe das Funkeln in seinen Augen. Rational weiß ich, dass er genau weiß, was er da tut. Es fühlt sich an, als provoziere er diese akute Lage. Doch was verspricht er sich davon?

„Ich will, dass du aufhörst, diese Mannschaft zu tyrannisieren. Ständig bringst du Unruhe rein. Du löst keine Konflikte, sondern rufst sie hervor. Ja, ich habe meinem Trainer eine verpasst. Deswegen wollte mich keiner mehr. Ich bin bis nach Vegas geflogen, um meinen Rauswurf aus dem Team persönlich entgegenzunehmen. Genauso wie die Kündigung meines Agenten. Ich war am Tiefpunkt meiner Karriere, als Kane mich angerufen hat.

Dies ist meine letzte Chance. Du willst wissen, warum das alles passiert ist?“

Gespannt werde ich von allen Seiten beobachtet. Keiner hat diesen Ausbruch kommen sehen. Am Allerwenigsten ich selbst.

„Weil der Trainer ein Wichser war. Ein rassistisches Schwein. Er hat viele Jungs meines Teams aufgrund ihrer Herkunft, ihrer Hautfarbe oder wegen ihrer Religion niedergemacht. Und als er unseren Neuzugang am Ende der Saison dazu zwang, seine Strafrunden nackt auf dem Eis zu vollführen, während der Coach Fotos davon gemacht hat und ihm alle anderen zusehen mussten, ist mir der Kragen geplatzt. Und soll ich dir was sagen? Es war das Richtige. Es hat sich gut angefühlt. Und ich würde es wieder tun, wenn ich müsste. Also glaube nicht, dass ich dir diesen Scheiß weiterhin durchgehen lasse. Ich werde keine Sekunde zögern, jemandem die Fresse zu polieren, wenn er die Würde eines anderen auch nur berührt. So, nun kennt ihr sie, die traurige Geschichte.“

„Warum hast du das nie jemandem erzählt?“, fragt CC in die plötzliche Stille hinein. Er scheint entsetzt zu sein.

Aufgebracht sehe ich ihn an. „Ehrlich?“, frage ich atemlos. Mein Brustkorb hebt und senkt sich heftig. „Ich will nicht als Held gefeiert werden, für etwas, das normal sein sollte. Das macht mich nicht zum Helden. Im Gegenteil! Monatelang habe ich weggesehen. Ich habe mich geschämt, erst dann eingeschritten zu sein.“ Ich schüttle den Kopf. „Außerdem hätte es nicht lange gedauert, bis es durch die Presse gegangen wäre. Und auch wenn ich es diesem Wichser von einem Trainer wünsche, dass er dafür bestraft wird, will mein Freund kein Aushängeschild für eine Anti-Rassismus-Kampagne werden. Obwohl diese Welt sie bitter nötig hat. Er ist einer der talentiertesten jungen Spieler, die ich kenne, und er hat bereits genug durchgestanden, um da zu sein, wo er nun ist. Jeden verdammten Tag ist er Diskriminierung ausgesetzt. Nur deshalb, weil der Zufall entschieden hat, dass seine Hautfarbe schwarz ist." Ich stemme die Hände in die Hüften. „Verdammt, seht uns nur an. Habt ihr eine Ahnung, welch großes Privileg ein jeder von uns hat? Frei von irgendwelchen beschissenen Vorurteilen können wir das tun, was wir so sehr lieben. Eishockeyspielen und damit einen Haufen Kohle verdienen."

All die zerknirschten Gesichter blicken betreten zu Boden. Ich sehe mir diese Mannschaft an, die dabei ist, sich zur Lachnummer zu entwickeln. „Und doch hauen wir uns die Köpfe ein, statt dieses Privileg zu wertschätzen. Was ich jetzt tun werde?", frage ich nun in die Runde. „Ich fahr nach Hause und überlege mir, ob ich diesen Scheiß wirklich noch tun will. Oder mich lieber von Idioten wie euch fernhalte."

Entschlossen verlasse ich den Platz, durchquere die Eingangshalle und laufe in mein Zimmer. Dort werfe ich die letzten Klamotten in meine Tasche, die auf meinem Bett herumfliegen, schnappe mir mein Handy vom Ladekabel und schaue aufs Display. Eine weitere Nachricht von Lou. Mittlerweile dürften es zwanzig sein. Keine einzige habe ich beantwortet und dabei muss es vorerst bleiben. Finster starre ich vor mich hin und wäge meine Entscheidung ab. Das alles ist ein riesiger Fehler gewesen. Vielleicht ist es meine letzte Chance, aber das alles … diese Stadt, dieses Team, ja sogar Lou und ich, das alles ist zum Scheitern verurteilt. Ich werde es unmöglich schaffen, sie für den Rest meines Lebens glücklich zu machen. Damit hatte Audrey, ja sogar mein Vater, recht. Ich bin unfähig, durchzuhalten. Genau wie er damals bei Mom. Lou verdient mehr als das. Sie verdient einen Mann, der ihr die Welt zu Füßen legt, sie für alle Zeit an erste Stelle setzt. Und ich? Ich bin nicht mal in der Lage, sie meine Freundin zu nennen. Nicht vor ihr, der Welt oder auch nur vor mir.

FÜNFZEHN

LOU

Mit jedem Tag, der ins Land zieht, ohne dass ich etwas von River höre, bin ich mehr davon überzeugt, dass etwas passiert sein muss. Zuerst rede ich mir ein, dass den Jungs die Benutzung ihrer Telefone verboten ist. Doch mit der Zeit spüre ich, dass irgendwas im Gange ist. Es kommt einem innerliches Surren gleich, das mit jedem Tag zunimmt und deutlicher zu hören ist, wie die Sirene wenn ein Unwetter auf Tofino zuhält. Ist er wieder auf und davon? Ohne sich zu verabschieden? Er hat nie einen Hehl daraus gemacht, dass er Abschiede hasst und das wiederum macht mich nun unfassbar nervös. Mein Herz ist in Alarmbereitschaft. River ist nun eine Woche fort, als ich von Craig McLear bei unserem wöchentlichen Sonntagsfrühstück erfahre, dass er River vor seiner Abfahrt getroffen hat. Als er sagt, dass er wohl bereits wieder in der Stadt gesehen wurde, werde ich hellhörig. Mein Magen krampft sich zusammen und für den Moment wandelt sich die Vermutung in eine Überzeugung.

Craig sieht mich vorsichtig an und streckt seine Hand nach meiner aus, die auf seinem Tisch liegt. „Was ist zwischen euch vorgefallen, Lou?"

„Nichts", lautet die einstudierte Antwort, doch dann sehe ich diese warmen grünen Augen, die mich so sehr an River erinnern. Der einzige Unterschied sind die Fältchen, die von all dem bereits Erlebten zeugen. Dann lächle ich traurig. „Und alles."

Sein mitfühlendes Lächeln treibt mir die Tränen in die Augen. „Mein Sohn ist ein getriebener junger Mann, der vor all den Gefühlen flieht. Es scheint mir, als hätte er mehr von mir geerbt als diese Augen, auch wenn er es sicherlich vehement abstreiten würde." Er streichelt meine Hand sanft. „Ich bin auch davongelaufen, sogar zwei Mal in meinem Leben. Ich danke dem lieben Gott jeden Tag für diese Frau, die er mir geschenkt hat, und dass er mich jedes Mal rechtzeitig hat umkehren lassen. Glaube an ihn, Lou."

Ich nicke, breche jedoch überstürzt auf, weil ich es hinter mich bringen muss. Ich muss dieses Gespräch führen, vor dem River auf der Flucht ist und vor dessen Ausgang ich mich fürchte. Aus irgendeinem Grund weiß ich genau, wo ich suchen muss. Obwohl ich instinktiv weiß, dass es wahr ist, nimmt das ungute Gefühl noch mal zu, als ich sein Motorrad vor der Eishalle stehen sehe. Als ich die Halle betrete, ist sie erfüllt von dem vertrauten Klacken eines Pucks, der von einem Schläger gegen die

Bande geschossen wird. Wie oft habe ich ihm in der Vergangenheit beim Training zugeschaut, sodass sich dieses Geräusch in mein Gehör geprägt hat? Einen winzigen Moment zögere ich und überlege, wieder umzudrehen. Doch ich bin keins dieser Mädchen. Ich bin Lou, Rivers beste Freundin. Und ich bin stark genug für das, was auch immer kommen mag.

Auf dem Eis dreht River einsam seine Runden. Mein Herzschlag verdoppelt sich. Ich bewundere, wie wendig er auf den Kufen über das Eis gleitet, beinahe als würde er darauf tanzen. Kein Zweifel. River wurde dafür geboren, eiszulaufen.

Ich hebe die Hand, als er mich sieht. Langsam kommt er zu mir und für einen Moment setzt mein Herz aus. Sein Auge ist blau unterlaufen. Es sieht schlimm aus.

„Was ist mit dir passiert?“, frage ich erschrocken.

River zuckt nur mit den Schultern. „Nichts weiter. Bloß ein Zusammenstoß mit Jared. Er sieht schlimmer aus.“ Jedes Wort prallt an seinem Panzer ab. An seiner distanzierten Art erkenne ich, dass all meine Befürchtungen wahr sind. Kein Schäkern, keine Neckerei, kein Happy End.

„Du bist also zurück?“, frage ich überflüssigerweise.

„Offensichtlich.“

„Lief es nicht gut?“ Auch diese Frage erübrigt sich angesichts seiner Verletzung und der frühen Rückkehr. Ich rolle innerlich die Augen über meine nicht vorhandenen Fähigkeiten, ein Gespräch zu beginnen.

Er sieht mich nur an.

„Seit wann bist du wieder hier?“

Er zuckt mit den Achseln. „Zwei Tage oder so.“

Mein Innerstes verkrampft sich schmerzhaft. Also hat er sich bewusst dafür entschieden, mir aus dem Weg zu gehen.

„Und wo hast du übernachtet?“

„Kane hat mir sein Sofa im Büro angeboten. Spart Zeit.“

Ich runzle die Stirn, hole tief Luft und sage: „Okay, lass es uns hinter uns bringen.“

„Was meinst du?“, fragt er tonlos und weicht meinem Blick gekonnt aus.

„Warum hast du dich nicht gemeldet?“

„Ich muss den Kopf frei kriegen.“

„Frei kriegen?“, echoe ich. „Von was?“

„Wie es weitergehen soll.“

„Mit dem Team?“

Er holt tief Luft. „Mit allem.“

„Also geht es auch um uns?“, frage ich, weil ich es plötzlich aus seinem Mund hören muss. Es ist wie bei einem schrecklichen Autounfall, bei dem man nicht fortschauen kann. Ich muss es aus seinem Mund hören, um zu begreifen, was wirklich los ist. Nach wie vor sehe ich ihn an, doch er weicht meinem Blick weiterhin aus. Wie schwach er doch ist. Dabei habe ich ihn Zeit meines Lebens für so stark gehalten und dafür glorifiziert.

„Sieh mich an!“, herrsche ich ihn plötzlich mit fester Stimme an. „Sieh mich wenigstens an und sag mir ins Gesicht, dass du mit mir fertig bist.“

Dann tut er es endlich. Seine grünen Augen richten sich auf mich und schauen mich so voller Schmerz und Kummer an, dass ich keine Ahnung habe, was zum Teufel geschehen ist, dass er diese Hundertachtziggradwende hinlegt. Andererseits habe ich ihn oft dabei beobachtet, wenn er seine Frauen jedes Mal losgeworden ist, nur bin ich bis heute niemals eine von ihnen gewesen. Ich habe damals auf die andere Seite gehört. Seine Seite. Jetzt bin ich diejenige, die es abzustoßen gilt. Er stößt mich von sich und ich weiß nicht, warum. Aber ich bin auch nicht gewillt, nach dem Grund zu suchen.

„Okay, wenn das wirklich alles ist, was ich bekomme, dann bin ich vor allem fertig mit dir, River." Ich mache auf dem Absatz kehrt, höre aber, wie er meinen Namen ruft. Ich halte inne.

„Ich ... Es tut mir leid." Seine Stimme klingt voller Bedauern. „Ich weiß einfach nicht, was ich hier soll und ob ich es ertragen kann, hierzubleiben."

„Wovor läufst du davon?", frage ich laut. „Es ist okay, wenn du mich nicht mehr willst, wenn du kein Teil meines Lebens sein möchtest. Aber das ist dein Zuhause. Diese Stadt, in der du groß geworden bist, wo dein Vater lebt und deine Mutter beerdigt ist. Wovor hast du also solche Angst, dass du immer fortläufst? Dass du dich an nichts und niemanden bindest. Weder an das Team noch an deinen Vater oder auch nur an mich."

„Weil ich es nicht ertragen kann, irgendjemanden zu verlieren", ruft er plötzlich aus und ich verstumme sofort. Meine Augen füllen sich mit Tränen.

„Dieses Risiko gehört zum Leben dazu, River. Keiner kommt hier lebend raus."

„Das lässt sich leicht sagen für jemanden, der noch nie einen Menschen verloren hat."

„Nur weil niemand gestorben ist, bedeutet das nicht, dass ich noch nie jemanden verloren habe. Vor fünf Jahren bist du aus meinen Leben geflohen und heute … heute verliere ich dich schon wieder."

„Das ist etwas anderes", sagt er leise, aber bestimmt.

„Weil es so viel leichter ist, jemanden zu verlieren, wenn man es so entschieden hat?", frage ich.

River schweigt. Ich ringe um Fassung.

„Ich wollte dir nicht weh tun, Lou. Es war ein Fehler und es darf nicht wieder vorkommen. Ich darf dich nicht verletzen."

Mein Herz bricht, weil das Letzte, mit dem ich die Nächte in Rivers Armen beschreiben will, das Wort Fehler ist.

„Tja …", sage ich mit brüchiger Stimme, „… zu spät. Schon passiert. Dabei dachte ich immer, dass die einzige Frau, der du nicht wehtun würdest, ich sei. Was bin ich doch für eine Idiotin."

Ich wende ihm den Rücken zu. Hinter mir höre ich Krach und das Brechen von Holz, doch ich sehe mich nicht nach ihm um. Auch wenn der Impuls mich dazu drängt, tue ich es nicht. Mit tränennassen Wangen laufe, nein, fliehe ich aus der Eishalle.

SECHZEHN

RIVER

Selten bin ich einsamer gewesen als in den Tagen nach Lous und meiner Trennung. Es ist, als hätte ich den Boden unter meinen Füßen verloren, was gewissermaßen auch stimmt. Denn auch wenn Lou die vergangenen Jahre nicht in meiner direkten Umgebung gewesen ist, ist sie immer nur einen Anruf entfernt gewesen. Und nun befindet sie sich in meiner direkten Umgebung, ist jedoch unerreichbar für mich. Ich klammere mich an die Rosen, die ich in meinem Arm trage, als können sie den freien Fall abfangen, in dem ich mich gerade befinde. Ich halte vor dem Grabstein, auf dem der Name meiner Mutter eingraviert ist. Janell McLear - *BELOVED WIFE, MOTHER AND WOMAN*.

Dieser letzte Zusatz ist meiner Mutter besonders wichtig gewesen, weil sie immer darauf bestanden hatte, mehr zu sein als nur Mom und Ehefrau. Sie war eine Frau und so emanzipiert gewesen, wie man nur sein konnte. Ein trauriges Lächeln stiehlt sich auf mein Gesicht.

„Entschuldige, dass ich erst jetzt komme …“ Ich berühre den grauen Marmorstein mit den Fingerspitzen, ehe ich mich zu ihr ins Gras setze und die Blumen neben mich lege. „Ich weiß, du hast überall ein Auge auf mich, aber ich wünsche mir wirklich, ich wäre eher gekommen.“ Das schlechte Gewissen wird von dem scharfen Schmerz in meiner Mitte verdrängt, der sich anfühlt, als ramme mir jemand eine Scherbe hinein.

„Eigentlich wünsche ich mir, ich könnte tatsächlich mit dir reden. Ich hab nämlich richtig Scheiße gebaut. Nicht den Teil mit meinem Ex-Trainer. Ich weiß, dafür wärst du stolz auf mich. Ich meine eher den Teil mit Lou.“

Ich schüttle den Kopf und hole tief Luft. „Ich wünsche mir ebenfalls, ich könnte dir sagen, dass ich etwas unternehme, um es wiedergutzumachen, weil du immer eine Freundin von Entschuldigungen warst. Du hast dir alle Mühe gegeben, mich zu einem anständigen Mann zu erziehen, aber die traurige Wahrheit ist, dass dieses Mal eine Entschuldigung nicht reichen wird. Ich schlafe noch immer auf Kanes Sofa, vergrabe mich im Brenda’s und ertränke meinen Kummer in Soda, nur um jedes verdammte Mal aufzusehen, wenn eine Frau mit braunem Haarschopf durch die Tür schreitet. Niemals ist es Lou. Ich weiß, dass sie alles tut, um mir aus dem Weg zu gehen. Womöglich vergräbt sie sich in Audreys Wohnung, isst kiloweise Eis, schaut zum millionsten Mal

Er steht einfach nicht auf dich oder flüchtet sich in Tofinos Wälder. Mein Herz ist schwer, weil ich sie so schrecklich vermisse. Ihr schadenfrohes Lachen, wenn sie mich beim Zocken auf der Playstation schlägt, ihr Augenrollen, wenn ich wieder einen schlechten Witz mache. Mir fehlt der Erdbeerduft ihrer Haare und dass mein Kissen anschließend danach riecht. Verrückt eigentlich, oder? Ich kenne keine andere Frau, die Erdbeershampoo benutzt." Ich lächle traurig. „So ist es auch generell. Es gibt keine andere Frau, die so ist wie Lou, und ich habe viele Frauen an vielen Ecken der Welt gesehen. Ich vermisse es, wie ihre Nase sich kräuselt, wenn ich sie aufziehe, kurz bevor sie mir eine Tracht Prügel androht. Ausgerechnet sie, der kleine Käfer, der sie ist, und der keiner Fliege etwas zuleide tun kann. Ich vermisse den Geschmack ihrer Haut, die immer ein bisschen nach den ersten Sonnenstrahlen nach einem langen Regentag schmeckt. Ich vermisse es, wenn ich ihr so viel Lust schenke, dass sie vor lauter Ekstase meinen Namen in die Nacht hinausschreit. Und das überwältigende Gefühl, wenn ihr mein Name beim Träumen über die Lippen kommt, wenn sie in meinen Armen schläft. Ich vermisse das Gefühl, das ich in ihrer Gegenwart habe, dieses übermächtige Glühen in meiner Brust, das zuvor nicht da gewesen ist. Doch an dessen Stelle ist da jetzt nur noch dieses klaffende Loch, das sich mit nichts füllen lassen will. Als hätte mir jemand das Herz herausgerissen und mich dazu verdammt, zu sterben." Ich hole tief Luft. „Fühlt sich so sterben an? Du musst es schließlich wissen. Was gäbe ich doch dafür, mit jemandem zu reden."

„Du bist es also tatsächlich. Ich dachte schon, ich muss jemanden Fremdes windelweich prügeln, weil er auf deiner Mutter liegt", mischt sich plötzlich jemand ein, dessen Stimme mich hochschrecken lässt.

„Dad?", frage ich ungläubig.

„Wie lange mag es her sein, dass du mich so genannt hast?", fragt er mit einem Lächeln.

Ich rolle mit den Augen und komme auf die Füße.

„Bist du fertig mit ihr?", fragt er und ich stöhne. „Weißt du eigentlich, wie sich das anhört?"

„Klar, deswegen ist es ja so komisch. Zweifellos lacht sich deine Mutter gerade schlapp."

„Sie ist tot."

„Als wüsste ich das nicht?! Außerdem hast du doch gerade selbst erst mit ihr geredet, als würde sie neben dir sitzen."

„Du hast es also gehört?", frage ich und massiere mir mit Daumen und Zeigefinger die Nasenwurzel.

„Jedes Wort", sagt er ungerührt.

„Also hast du mich belauscht?"

„Was kann ich bitte dafür, dass du eine Liebeserklärung in aller Öffentlichkeit von dir gibst? Sei lieber froh, dass ich es war und nicht Sybille, die Witwe vom alten Douglas. Sie hätte bestimmt einen Herzinfarkt bekommen, wenn sie die Worte Lust und Ekstase auf dem Friedhof gehört hätte. Am Ende hätte sie noch geglaubt, ihr Mann spricht zu ihr."

Ich stöhne innerlich auf. Dann wird mir klar, dass ich den furchtbaren Humor von meinem Vater geerbt habe. „Das ist grotesk."

„Aber sie waren verdammt gut, wenn du mich fragst. Ich glaube nur, du hättest sie Lou persönlich sagen müssen, Junge."

„Das ist nicht so einfach." Ich schiebe einen Zweig mit dem Fuß vor mir im Gras hin und her und vermeide es, meinen Vater anzusehen.

„Warum nicht?"

„Weil ich es verbockt habe. So richtig."

Craig McLear lacht zu meiner Verwunderung. „Wir verbocken es alle mal, River. So etwas passiert. Das nennt sich Leben. Try and Error hat deine Mom es immer genannt. Was glaubst du, wie oft ich es vermasselt habe?"

„Und? Hat Mom dir immer vergeben?"

Er lächelt mich an. „Jedes einzelne Mal. Das ist auch das Leben. Wir machen Fehler. Im besten Fall lernen wir daraus und machen sie nicht noch mal. Aber das Einzige, was wirklich hilft, ist eine Entschuldigung."

„Sie will nicht mit mir reden."

„O doch, ich glaube schon. So wie ich unsere Lou kenne, wird sie reden wollen. Eine Weile wird sie laut brüllen, sodass dir die Ohren wehtun, aber am Ende wird sie dir vergeben und uns alle mit ihrem Lächeln verzaubern."

Hat mein Vater gerade wirklich *unsere Lou* gesagt? Es kommt mir immer noch verrückt vor, dass mein Vater in den letzten Jahren so viel Zeit mit ihr verbracht hat.

„Ich weiß nicht. Was ist, wenn ich ihr nie all das geben kann, was sie sich von mir wünscht?“

„Niemand bekommt immer all das, was er sich wünscht, River. Das ist nicht der Sinn von Beziehungen. Sich zu lieben und zu bemühen, füreinander da zu sein, darum geht es. Und nach allem, was ich eben von dir gehört habe, liebst du Lou. Wahrscheinlich schon immer, du warst nur zu blöd, es zu bemerken.“ Er zuckt mit den Achseln und ich sehe, wie er fahrig über sein Hemd mit Karomuster streicht. Er liebt diese Dinger, auch wenn er darin wie ein verkappter Kobold aussieht. Wahrscheinlich ist das ein Überbleibsel seiner schottischen Wurzeln.

„Warum rede ich überhaupt mit dir?“, frage ich ihn erbost.

„Weil deine Mom es so wollte“, sagt er ganz selbstverständlich. „Und du hast immer getan, worum sie dich gebeten hat.“

Ich schnaube. „Keine Ahnung, wo ich Lou suchen soll, wenn sie nicht zu Hause ist.“

„Wie gut, dass heute Sonntag ist. Der Tag von Pancakes und Billard.“

Verblüfft sehe ich ihn an. „Was?“

Dad bückt sich und legt einen Strauß rosafarbene Rosen neben meine. Er küsst seine Fingerkuppen und legt sie auf den Grabstein. „Du fehlst mir, Hun.“ Dann sieht er mich an, tippt an seine Kappe, die sein ergrautes Haar verbirgt, und bedeutet mir, ihm zu folgen.

„Du wirst schon sehen. Komm mit nach Hause. Du

hast schon viel zu viele Sonntage verpasst. Mom gefällt das sicher gar nicht."

LOU

Ich stecke den Schlüssel, der sich wie jeden Sonntag unter dem Blumengefäß auf der Veranda verborgen hat, in das Schloss des Hauses der McLears und schließe auf. Craigs Wagen steht nicht in der Auffahrt, was vermutlich bedeutet, dass er noch bei Janell auf dem Friedhof ist, wie jeden Sonntag. Es ist ein Ritual. Eines, das wir begonnen haben, kurz nachdem River Tofino verlassen hat. Craig ist einsam gewesen und mir hat River gefehlt. Bei Craig zu sein und auf Rivers Bett in seinem alten Kinderzimmer zu liegen, hat dafür gesorgt, dass ich mich für eine Weile besser fühle. Irgendwann hat Craig dann begonnen, mir Dinge beizubringen. Zuerst, wie man pokert. Er ist überzeugt davon, es sei für jede junge Frau wichtig, ein Pokerface aufsetzen zu können und ihre Mitspieler an der Nase herumzuführen. Später hat er mir Schach und Poolbillard beigebracht und wie ich allein einen Reifen wechseln muss. Dinge, die meinem Dad nicht wichtig genug sind, um sie seinen Töchtern beizubringen. Doch wie ich mittlerweile weiß, sind das alles Fertigkeiten, die man als unabhängige Frau gut gebrauchen kann.

Wie selbstverständlich beginne ich damit, den Teig für die Pancakes zusammenzurühren, und stelle das Radio an. Es fühlt sich nicht mehr an wie Rivers Zuhause, weswegen mich die Tatsache nicht so hart trifft, hier zu sein. Außerdem ist dieser Ort der letzte, an dem ich fürchten muss, ihm zu begegnen. Schließlich ist er schon Jahre nicht hier gewesen und hat offensichtlich auch nicht die Absicht, daran etwas zu ändern. Sonst hätte er sich nicht in Kanes Büro häuslich eingerichtet.

Die letzten Tage sind für mich einer Qual gleichgekommen. Jeden Moment fürchten zu müssen, ihm erneut über den Weg zu laufen, hat mich genug gestresst, dass ich jeden Tag zwischen meinem Bett, einem Kilo Eis und der Arbeit hin und her gependelt bin. Nur einmal hat es mich hinaus in die Wälder geführt. Dort kann ich einfach am besten atmen. Doch all die Tränen lasten schwer auf mir. Immer noch. Es ist schrecklich, den Freund – oder was auch immer er gewesen ist – und gleichzeitig den besten Freund zu verlieren. All meine Befürchtungen, die ich gehegt habe, erfüllen sich nun. Es gibt jedoch kein Zurück mehr. Ich kann die Nächte in Rivers Armen nicht mehr rückgängig machen. Und selbst wenn das möglich wäre, würde ich das nicht wollen. So erbärmlich es auch sein mag, noch nie … noch nie in meinem ganzen Leben hat mich etwas derart mit Liebe erfüllt. Ich liebe ihn. Das ist mir jetzt klar, und ich glaube zu wissen, dass ein Teil in ihm mich auch liebt. Nur leider hat er viel zu viel Angst davor, was das für ihn bedeutet. Das macht ihn zur größten Gefahr für mein Herz. Also muss ich ihm fernbleiben, denn ich weiß nicht, ob ich es schaffe, ihm zu widerstehen, wenn er vor mir steht.

Die Tür öffnet sich und ich rufe, ohne mich umzudrehen: „Hey, Craig, ich hoffe, du bist hungrig. Ich hab aus Versehen zu viel Milch hinzugefügt, sodass ich es mit Mehl ausgleichen musste und ... na ja, jetzt haben wir diese riesige Portion Pancake-Teig."

„Eigentlich passt das ganz gut, Lou, denn wir haben heute noch einen Gast."

Ich erstarre und sehe mich langsam zu ihm um. Da steht er. River. Groß, muskelbepackt und mit unsicherem Gesichtsausdruck. Auf den ersten Blick erscheint er zu groß für dieses Haus. Doch dann fügt er sich in das Bild, sobald er die Stufen des Eingangsbereichs leichtfüßig hinunter und auf mich zuläuft.

„Du bist hier", sage ich lahm, weil ich in einer Schockstarre gefangen bin.

„Ich gehe mal kurz und sehe nach ... meiner Briefmarkensammlung. Ähm ... Falls mich jemand sucht, wisst ihr ja, wo ihr mich finden könnt", vermeldet Craig und schleicht die Treppe hinauf in Richtung der Schlafzimmer. River und ich bleiben allein zurück.

„Hey, Lou", begrüßt er mich mit sanfter Stimme, als sei nichts gewesen, als hätte er mir nicht vor wenigen Tagen das Herz gebrochen.

„Das ist wohl ein Scherz", sage ich und schüttle den Kopf, während ich vor ihm zurückweiche. „Wie ist das möglich, dass du hier bist?"

„Das ist das Haus meiner Eltern“, murmelt er.

„Und somit sollte das der einzige Platz in Tofino sein, an dem ich dir sicher nicht begegne.“

„Ich gebe zu, davon durftest du ausgehen. Ich bin aber dennoch froh, dass ich dich hier gefunden habe.“

„Ach ja?“, frage ich haltlos. „Und warum?“

„Du fehlst mir, Lou!“

Gequält schließe ich die Augen. „Ich fehle dir also? Welcher Teil genau? Der, der deine beste Freundin ist und dich für alle Zeit glorifiziert, oder der Teil, der mit dir im Bett gelandet ist und dem du anschließend das Herz gebrochen hast?“

„Alles davon, weil alles zusammengehört.“ Er macht einen zögerlichen Schritt auf mich zu, doch ich hebe die Hand wie ein Verkehrspolizist, der ein Stopp-Zeichen hochhält.

„Ich komm da nicht mehr mit“, gebe ich zu.

„Glaub mir, auch ich brauche noch Zeit, das alles richtig miteinander zu verknüpfen.“ Bittend streckt er eine Hand nach mir aus. „Aber die Wahrheit ist, dass ich mir ein Leben ohne dich nicht vorstellen kann.“

„Nein? Das ist seltsam, denn vor wenigen Tagen konntest du das noch sehr gut.“

„Ich war verloren und durcheinander. Ich hab meinen Vater getroffen, Audrey hat mich davor gewarnt, dass ich dir das Herz brechen würde, und dieses Team, das einfach ... keines ist. Ich wusste einfach nicht, was ich tun soll, wo mein Platz ist.“

„Und jetzt weißt du es?“, frage ich und spüre, wie das

Herz in meiner Brust an Tempo gewinnt. Es ist aufgeregt und bereit, zu River zu springen, weil es sich so verdammt richtig anfühlt. Aber mein Verstand hat diese Mauer um es herum errichtet, um es zu schützen. Vor River, weil ich ihn kenne.

Er seufzt. „Ich bin nicht sicher …"

„Okay, einfache Frage: Was bin ich für dich?"

Er sieht mich an. „Alles", antwortet er, ohne zu zögern.

„Wirst du hierbleiben?"

Er schweigt. „Ich weiß nicht, wie das alles weitergehen wird mit den Bears. Im Moment sieht es eher düster aus, aber das ändert nichts daran, was zwischen uns geschehen wird."

Ich ziehe mich zurück und sehe ihn traurig an. „Doch, River. Es ändert einfach alles. Zuletzt habe ich dich fünf Jahre nicht gesehen, und auch wenn ich es damals nicht wusste, habe ich hier auf dich gewartet. Weil ich dich damals schon geliebt habe und ein Teil von mir wusste, dass du der Kerl bist, mit dem ich zusammen sein will. Und ich würde es wahrscheinlich wieder tun, wenn du dich in drei Wochen entscheidest, Tofino zu verlassen. Das kann und will ich einfach nicht mehr zulassen, River. Das ist nicht fair, für keinen von uns."

Ich sehe ihn an. Traurig, weil ich ihm glaube, dass er mich vermisst, aber das reicht mir nicht. „Du musst dir Zeit nehmen, diese Dinge für dich zu klären. Du musst aufhören, immer nur davonzulaufen. Das löst keine

Probleme, River. Nur weil du etwas nicht siehst, ist es nicht automatisch verschwunden. So wie ich all die Jahre. Du hast mich nicht gesehen und dennoch war ich da. Aber das kann ich nicht mehr tun. Ich kann nicht weiterhin auf Standby stehen und immer darauf hoffen, dass du dich dem Leben stellst und herausfindest, dass du zufällig mit mir zusammen sein willst. Nur um dann immer zu hoffen, dass es nicht schwierig wird und du wieder davonläufst. Denn das Leben ist nun mal schwierig und ich möchte jemanden an meiner Seite haben, der sich dem Leben stellt. Immer. Ich hab verdient, dass sich jemand bewusst für mich entscheidet, mit jedem Risiko."

Er nickt, steckt seine Hände, die ich nicht berührt habe, in die Taschen und sieht auf den Boden.

„Du fehlst ihm. Nutz die Zeit, deinen Vater kennenzulernen oder besser den Mann, der er in den letzten Jahren geworden ist. Vielleicht kannst du ihm vergeben, wenn du alle Teile des Puzzles kennst. Er liebt dich und es bedeutet ihm sehr viel, dass du zurück bist."

„Das hat er gesagt?", fragt er ungläubig. „Oder woher nimmst du diese Überzeugung?"

„Ich weiß es einfach, River. Er wartet darauf, dass du zu ihm kommst."

„Soweit nichts Neues. Mein Vater wartet immer darauf, dass die Welt sich ihm zu Füßen legt." Am frostigen Klang seiner Stimme höre ich, dass ich mich wie immer bei diesem Thema auf Glatteis bewege.

„Er ist einsam, Riv. Genau wie du." Ich gehe an ihm vorbei, nehme meine Tasche und laufe die Treppe hinauf. „Sag Craig, dass ich ihn ein anderes Mal besuche."

Mit diesen Worten gehe ich.

SIEBZEHN

RIVER

Auch ein paar Tage nach Lous Korb schaffe ich es nur mit Sport, meinen Kopf zu klären. Mich zu verausgaben, ist die einzige Möglichkeit, Dampf abzulassen. Wenn andere sich betrinken, brauche ich bloß einen Fitnessraum. Oder eine Eisfläche. Ich danke Rick mit einem Nicken, als ich das frisch geglättete Eis betrete und er die dicke Bertha hinausfährt.

Es ist ein berauschendes Gefühl, die erste Bahn auf einer spiegelglatten Eisfläche zu fahren. Nicht so betörend, wie Lou zu küssen, so viel steht fest. Ich stecke meine In-Ears in die Ohren und stelle die Musik an, um meinen Gedanken ein Weilchen zu lauschen. Wer weiß schon, wie lange ich das hier noch tun kann. Immerhin habe ich das Trainingslager verlassen, was man mir auch als Arbeitsverweigerung auslegen kann. Dennoch bin ich noch immer hier. Obwohl Lou mich zurückgewiesen hat, habe ich Tofino nicht verlassen. Es ist nicht so, als hätte ich diesen Impuls nicht verspürt, aber ich habe ihm widerstanden. Außerdem habe ich Kanes Sofa gegen das Bett in meinem alten Kinderzimmer eingetauscht. Ich kann noch immer nicht glauben, dass ich zurück zu meinem Vater gezogen bin. Zu dem Mann, den ich nicht hatte sehen wollen. Und dann ist er einfach aufgetaucht und hat mich wie einen Streuner aufgenommen. Tja, vielleicht war es auch Mom, die uns an dem Tag zusammengeführt hat. Wer weiß schon, was nach dem Tod wirklich abgeht? Vielleicht ist nichts mit Frieden. Vielleicht ist das ein Vollzeit-Job, wenn man die Familie dazu animieren muss, am Ende vernünftige Entscheidungen zu treffen. Ich weiß nicht, ob ich es Mom zuliebe versuche, oder es aus eigenem Antrieb tue, weil ich es mir wünsche. Es ist wohl, wie Lou gesagt hat. Er ist mein Vater, ob ich will oder nicht, und es gehört mehr zu der Geschichte als das, was ich glaube. Sie hat recht damit, dass ich immer fortgelaufen bin. Und auch wenn sie mir einen Korb verpasst hat, nehme ich diesen Hinweis an. Ich muss stehen bleiben und mich umsehen, um zu erkennen, wo ich und vor allem wer ich wirklich bin. Und vielleicht finde ich dann sogar wieder zurück zu Lou.

Zwei Personen hasten auf mich zu und ich erschrecke mich beinahe zu Tode, als einer von ihnen seine Kreise um mich zieht.

„Verfluchte Scheiße!“ Ich nehme die In-Ears aus den Ohren und sehe Wyatt und CC an. Der Rest vom Team befindet sich an der Bande und sieht zu uns rüber.

„So werde ich doch gern begrüßt“, witzelt Wyatt und

grinst. Unter seinem Arm trägt er Milly die Maske, die er wie seinen Augapfel hütet. Diese Geschichte würde mich auch wahnsinnig interessieren. „Ihr seid zurück?"

„Jup", bestätigt CC.

„Sieht ganz danach aus."

Ich begutachte sie genauer. „Ihr seht nicht aus, als hättet ihr noch mehr blaue Flecken im Gepäck."

„Oh, da irrst du dich, mein Freund. Mein Arsch ist blau", stöhnt Wyatt und CC lacht.

„Wir durften Arschschießen machen, weil Wyatt beim Baseball in der Natur seine Wut so oft am Schläger ausgelassen hat. Keller sagt, er hätte an einem Tag so viele Schläger durchgebracht, wie er in seiner ganzen Karriere."

„Die wahrscheinlich nicht sehr lang war", fügt Wyatt säuerlich hinzu. „Dann wurden mir die Strafschüsse angedroht. Und was soll ich sagen …?"

„Wie bitte?", rufe ich erbost. „Das kann nicht sein Ernst sein!"

„Krieg dich wieder ein", hält Wyatt mich davon ab, sofort das Eis zu verlassen, um mir diese Krawallbürste von einem Trainer vorzuknöpfen. „Ich hatte ein Kissen am Hintern festgebunden. Aber einer von CCs Schüssen hatte ordentlich Wumms drauf."

„Und die Jungs haben tatsächlich getroffen?"

„Überraschend oft sogar", lacht CC. „Der Coach sagt, offenbar muss nur der Ansporn stimmen."

„Für mich müsste dann zukünftig Jared ins Tor gehen", brumme ich.

CC und Wyatt grinsen. „Lässt sich bestimmt einrichten. Du bist also noch dabei?“

Ich zucke mit den Achseln. „Keine Ahnung, ob mir mein Abgang aus dem Trainingscamp zum Verhängnis wird. Weder Keller noch Kane haben deswegen mit mir gesprochen.“

„Oh, ich hab da so ein Gefühl, dass das auch nicht passieren wird, oder was meinst du, CC?“

Dieser schüttelt den Kopf und grinst. Dann überreicht er mir etwas Blaues. Es sieht aus wie Trikotstoff.

„Was ist das?“, frage ich irritiert.

„Sieh es dir an.“

Ich nehme es an mich und blicke auf ein aufgesticktes C. Es ist eine Kapitänsbinde. Ich sehe den beiden abwechselnd in die Augen.

„Im Ernst?“

Sie grinsen und nicken.

„Aber wieso ...?“

„Weil wir es so wollen.“

„Warum sollte irgendjemand wollen, dass ich dieses Team anführe?“

„Alter, hast du deine eigene Rede nicht mitbekommen? Du hast dafür gesorgt, dass der Rest vom Camp keine komplette Katastrophe war. Gut, Jared ist noch immer ein Arsch, aber mit dem werden wir schon fertig. Vor allem, wenn du unser Captain bist. Du bist ein Vorbild und deine Geschichte ist nur noch mehr Grund dafür, dass wir dich auf unserer Seite haben wollen. Das sagt sogar der Coach.“

„Keller hat das befürwortet?"

„Er fand deine Rede gut und vor allem die Wirkung, die sie auf uns hatte", erzählt CC und steckt die Hände in seine Trainingshose.

„Ich glaube, er hat trotzdem Schiss, dass du ihm bei Gelegenheit die Nase brechen wirst." Wyatt lacht und schlägt mir auf die Schulter. „Also, was ist jetzt? Bist du dabei? Übernimmst du diese ehrenvolle Aufgabe?"

Und plötzlich fühlt es sich richtig an. Die Verantwortung und Verpflichtung verteilen sich gleichmäßig auf meinen Schultern, wie ein Mantel, der zwar schwer wiegt, sich aber vor allem warm und auch sicher anfühlt. Und einer, der verdammt gut passt. Ist es das, was Lou gemeint hat? Dass ich herausfinden muss, was mein Weg ist, bevor wir uns irgendwo treffen können?

„Du meinst, euch in den Arsch zu treten, wenn ihr wieder über die Stränge schlagt?", hake ich nach und grinse nun. „Kann's kaum erwarten."

ACHTZEHN

LOU

Drei Wochen später

„Was, wenn niemand kommt?", frage ich zum wiederholten Mal und nage an der Nagelhaut an meinem rechten Daumen, wie ich es immer tue, sobald ich nervös bin. Und ich bin schrecklich aufgeregt. Die Galerie in Tofino ist winzig im Vergleich zu denen in den Großstädten, aber das ist das erste Mal, dass jemand anderes als Ezra, meine Eltern oder Audrey meine Bilder sehen. Oder River. Mein Innerstes verfängt sich zu einem Knäuel aus Gefühlen, wenn ich an ihn denke. Seit Wochen habe ich River nicht mehr gesehen. Das an sich ist schon eine Leistung in einer Kleinstadt wie Tofino. Allerdings ist dafür eine ganze Menge Disziplin nötig gewesen. Und ich habe Craig nicht gesehen. Er fehlt mir beinahe so sehr wie River. Ich weiß jedoch, dass er die Stadt und die *Bears* nicht verlassen hat. Das stimmt mich hoffnungsvoll. Er läuft nicht davon.

„Es werden viele kommen. Du wirst schon sehen“, antwortet Audrey und streicht mir liebevoll über den Arm.

„Ein ganzer Haufen Menschen wird heute deine Schätze bewundern“, sagt Ezra und lächelt zuversichtlich. „Es sei denn, es leben allesamt nur misanthropische Kunstverächter in dieser Kleinstadt.“

Audrey und ich sehen uns an. Wahrscheinlich denken wir beide an Clive, den dickbäuchigen Inhaber vom Drugstore. Hastig beeilt sich Audrey zu sagen: „Ally und ich sind schon da und Mom und Dad kommen auch gleich. Sie stecken allerdings noch bei der Kofferausgabe fest.“

Wir schmunzeln. „Ob Dad schon einen cholerischen Anfall bekommen hat, weil Mom vor Aufregung nicht aufhört zu reden?“ Meine reiselustigen Weltenbummler. Ich freue mich, sie wiederzusehen.

„Bestimmt. Allerdings seid ihr meine Familie. Ihr zählt nicht.“

Empört reißt Audrey die Augen auf. „Wir zählen sehr wohl. Wir sind Fans der ersten Stunde. Nicht wahr, Ally?“

Meine Nichte lutscht begierig an ihrem Händchen rum und quietscht. Sie ist einfach zu niedlich.

„Okay, ich versuche jetzt, die Nerven zu behalten“, gebe ich mich geschlagen. „Vielleicht sollte ich noch zwei oder drei von diesen Sektgläsern in mich reinkippen.“

Ezra hebt die Braue. Vermutlich weil er fürchtet, ich könnte dann erst recht ein nervliches Wrack werden.

Berechtigte Sorge. Immerhin vertrage ich keinen Tropfen, ohne irgendwann einen Lachanfall in den unpassendsten Momenten zu erleiden. Wenigstens scheint Ezra akzeptiert zu haben, dass zwischen uns nichts mehr laufen wird. Nach River kann ich mir nicht vorstellen, jemals wieder einen anderen Mann zu küssen.

„Grundsätzlich halte ich das für keine gute Idee, aber da kommt schon der erste Gast."

Mit wild klopfendem Herzen drehe ich mich um und sehe Craig auf mich zukommen. Warum auch immer, aber ein Funken Enttäuschung flammt in mir auf. Er ist nämlich allein. Dafür hat er sich richtig in Schale geworfen und trägt einen Anzug. Und er lächelt mich an. Herzlich umarmen wir uns.

„Du bist wirklich gekommen." Ich versuche, mir die Enttäuschung nicht allzu sehr anmerken zu lassen.

„Als würde ich mir dieses Event entgehen lassen. Wow, Lou, ich bin so stolz auf dich."

Ich seufze. „Du hast noch keins meiner Bilder gesehen."

Er berührt mich am Arm und hält mich davon ab, mein Gesicht hinter meinen Händen zu verstecken. „O doch, weißt du nicht mehr? Damals gab es dieses Ausschreiben der Schule. Ich saß in der Jury."

„Du meinst, als ich den ersten Preis gewonnen habe?"

Er nickt begeistert.

„Das war in der zweiten Klasse, Craig." Ich kann nicht anders und muss bei der todernsten Miene, die er aufgesetzt hat, lachen.

„Na und? Schon damals waren deine Bilder großartig. Und sieh nur ... Ist das etwa aus dem Garten hinter meinem Haus?“ Erstaunt läuft er zu der Wand, an der tatsächlich ein Bild hängt, das besonders ist.

„Ja, das ist es.“ Ich folge ihm und sehe ihm zu, wie er es gerührt mustert.

„Es ist genau der Ausblick, den Janell so sehr geliebt hat. Deswegen haben wir damals dieses Haus gekauft. Es mag sich verrückt anhören und ich habe sie Zeit ihres Lebens damit aufgezogen, aber so war es.“

Ich lächle und blinzle eine Träne fort. „Ich weiß“, sage ich. „Sie hat mir diese Geschichte damals erzählt.“

Wir sehen uns in die Augen. „Was kostet es?“

„Es ist unverkäuflich. Hier dieses Band zeigt, dass es bereits einen Besitzer hat.“

„Wie schade“, murmelt er und ich hake mich bei ihm unter. „Es gehört bereits dir.“

Überrascht sieht er mich an. „Du schenkst es mir? Aber das kann ich unmöglich annehmen.“

„Doch natürlich. Ich bestehe darauf.“ Er umarmt mich, ehe er mit glückseliger Miene zu den anderen Bildern geht, um sie sich anzusehen.

Mittlerweile hat sich der Raum mit Menschen gefüllt und ich kann es kaum glauben.

„Das ist ja erstaunlich“, höre ich jemanden in meiner Nähe sagen. „Das ist am Hafen, sieh nur Ed.“

„Die Stimmung, die sie in dem Bild eingefangen hat. Wahnsinn.“

Ich seufze und freue mich über all das.

Die Tür geht ein weiteres Mal auf und ich sehe Clive, Audreys Chef und der Inhaber des Drugstores. Wir beide sehen uns an und unterdrücken ein Lachen. Wenigstens trägt er ein T-Shirt, das nicht den unteren Teil seines Bauches freigibt. Unfassbar, aber ganz Tofino scheint sich in die winzige Galerie zu drängen. Selbst zwei Stunden später kann ich mein Glück kaum fassen und doch verspüre ich auch eine bittere Enttäuschung. Eine Person ist nicht gekommen. River. Natürlich hat er eigentlich nichts falsch gemacht, denn er hat sich nur an meine Bitte gehalten. Dennoch nagt es an mir. Er ist immer Teil meines Lebens gewesen. Die Vorstellung, das könnte endgültig anders sein, ist unerträglich.

„Es gibt ein wahnsinniges Angebot", verkündet Ezra und kommt aufgeregt auf mich zu.

„Tatsächlich?", frage ich. „Für welches Bild?"

Gespannt sieht er zwischen Audrey und mir hin und her. „Für alle."

„Alle?", echoe ich ungläubig und so laut, dass sich alle Köpfe zu mir umdrehen.

Es stand bereits vorab fest, dass ich die gesamte Summe an die Krebsstiftung spenden werde, umso wichtiger ist also jeder Dollar.

„Nicht dein Ernst!"

„Wer würde denn alle auf einmal haben wollen?", frage ich ungläubig.

„Das ist noch nicht alles. Er wünscht, dass ich sie in den Galerien in ganz Kanada ausstelle. Alle bis auf eines."

Plötzlich schlägt mein Herz wie wild und mir wird ganz warm. „Welches?"

„Dieses hier." Mir verschlägt es den Atem und ich starre das Bild vom Tonquin Beach an, das ich an dem Tag gemacht habe, als das Unwetter River und mich überrascht hat. Und dann weiß ich es. Mit der Überzeugung von Sherlock Holmes weiß ich, wer dafür verantwortlich ist. Instinktiv sehe ich mich um. Mein Blick gleitet durch die Galerie und über all die Menschen, bis er an einem Mann hängenbleibt, der für diesen und womöglich jeden anderen Ort der Welt zu groß zu sein scheint. So wie für diesen Anzug, den er trägt. Mein Herz bleibt stehen, nur um im nächsten Augenblick fest gegen meine Rippen zu hämmern. River. Er ist gekommen.

Meine Beine fühlen sich an wie Gummibärchen, als ich langsam auf ihn zugehe. Er lächelt leicht und hat die Hände in die Hosentaschen gesteckt.

„Bist du nun völlig verrückt geworden?", herrsche ich ihn an, bevor ich mich davon abhalten kann. „Wieso tust du das?"

„Weil es stimmt, was ich gesagt habe. Ich finde jedes deiner Bilder einzigartig und besonders."

„Und warum musst du direkt alle kaufen? Ich will dein Geld nicht, River, wollte ich noch nie. Wenn du denkst, darum geht es, dann solltest du wissen, dass die Einnahmen ..."

„... gespendet werden, ich weiß. An die Krebsstiftung meiner Mom." Er sieht mich mit diesem traurigen Ausdruck in den Augen an und ich verstumme.

„Es tut mir leid, ich …“

„Hör auf, dich zu entschuldigen, Lou. Dir muss nichts leidtun. Ich weiß nicht, wieso ich so ein Idiot war. Wie konnte ich all die Jahre übersehen, was du tatsächlich für mich bist.“ Er schüttelt den Kopf. „Du hast meine Mom geliebt, meinen Dad und auch mich. All die Zeit hast du das einfach getan, ohne je etwas dafür zu erwarten.“

„So funktioniert Liebe nun mal“, werfe ich leise und mit brüchiger Stimme ein.

„Das weiß ich jetzt auch. Oder sagen wir, ich bin dabei, es zu lernen. Ich versuche zu verstehen, dass Liebe nicht immer mit dem furchtbaren Verlust verknüpft ist, den ich erfahren habe, als Mom gestorben ist. Sondern vor allem wunderbar, ekstatisch und ein Abenteuer.“

Ich sehe auf meine Hände, die sich krampfhaft um ein Taschentuch klammern, mit dem ich eben Allys Mund abgewischt habe. Ich kann ihn nicht länger ansehen, weil seine Worte mich so sehr berühren, dass ich die Tränen nicht fortblinzeln kann. Dann nimmt er meine Hand in seine. Mit der anderen hebt er mein Kinn an, damit ich ihn ansehe.

„Und alles, was ich mir wünsche, ist, dass du dieses Abenteuer mit mir begehst. Denn ich liebe dich, Lou. Ich bin vollkommen verrückt nach dir. Als ich fortging, warst du vielleicht nur meine beste Freundin. Und hey, was heißt hier nur? Du bist die einzige Frau, die ich schon immer um mich haben wollte. Und nicht nur das. Ich brauche dich wie die Luft zum Atmen. Und seit ich zurückgekommen bin, bist du so viel mehr. Ich kann nicht in Worte fassen, wie sehr ich dich liebe. Leider habe ich die perfekten Worte für meine Liebeserklärung an dich an meinen Vater und einen Haufen Tote verschwendet." Er seufzt.

„Und sie war echt richtig gut", bestätigt Craig aus dem Hintergrund und alle lachen. Erst jetzt wird mir bewusst, dass wir uns inmitten der allgemeinen Aufmerksamkeit aller Anwesenden befinden.

„Du hast gesagt, ich solle aufhören, wegzulaufen. Und das habe ich getan. Ich bin hiergeblieben, um mit einem Team zu trainieren, was ... Na ja, vermutlich darf ich das als Captain nicht sagen, aber wir haben noch einen langen Weg vor uns. Außerdem wohne ich wieder in meinem alten Kinderzimmer, um Zeit mit meinem Vater zu verbringen. Ich besuche regelmäßig meine Mom und ... tja ... alles, was ich will, bist immer noch du. Ich liebe dich, Beetle. Alles an dir. Selbst die Tatsache, dass du sogar bei Temperaturen wie diesen dicke Wollsocken beim Schlafen trägst. Bitte gib uns eine Chance. Gib mir eine Chance, dir zu beweisen, dass ich bleiben werde und nie wieder vor etwas davonrenne."

Ich wische mir die Tränen aus den Augen. „Hat ja ganz schön lange gedauert, du Idiot!"

Und dann falle ich ihm in die Arme. Er hebt mich hoch, dreht mich ein wenig im Kreis und endlich finden sich unsere Lippen. Ich kann kaum fassen, dass dies gerade wirklich geschieht. „Auch wenn *für immer* ein sehr langer Zeitraum ist, hoffe ich, dass du dir die nächsten Jahre nichts weiter vornimmst. Denn ich will bei jedem Bild, das du in der Zukunft schießt, an deiner Seite sein und für alle Zeit als Erinnerung in mir tragen."

EPILOG

RIVER

Es ist das erste Auswärtsspiel dieser Saison. Der Start verläuft holprig, um es freundlich zu sagen. Es sind kaum Fans von uns da, dafür unzählige der Gegner, um uns auszubuhen. Jared rangelt mal wieder mit den eigenen Spielern, während Wyatt mit Platzwunde am Kopf ein Spiel zu Ende bringt. Woher dieser Kerl die Eier nimmt, ist mir ein Rätsel. Ich sehe CC mit Isy, unserem Maskottchen, diskutieren, und weiß, auch ohne zu hören, was er sagt, dass es darum geht, dass sie um Himmels willen den Bärenkopf nicht abnehmen möge, wenn sie in der Eishalle ist. Das bringt schließlich Unglück.

Coach Keller hat einen hochroten Kopf vom Brüllen. Und ich? Ich kann mein Glück kaum fassen. Entgegen allen Erwartungen haben die *Tofino Bears* dieses erste Auswärtsspiel gewonnen. Verschwitzt, außer Atem und wie ein Honigkuchenpferd grinsend fahre ich auf die Bande zu, wo Lou steht und mich mit glühendem Blick ansieht. Sie ist extra mitgekommen, um dieses Team – um mich - zu unterstützen. Ich nehme den Helm ab und werfe ihn achtlos aufs Eis, um meine Arme um meine Freundin zu schlingen. Sie umarmt mich und ich hebe sie beinahe mühelos über die Bande. Sie schlingt ihre Beine um meine gepolsterte Mitte. Genau die Stellung, in der wir heute Morgen in der Dusche zum Höhepunkt gekommen sind. Ich werde hart. Verdammt, diese Frau macht mich fertig. Gott sei Dank ist alles gut gepolstert, sodass niemand die Cops rufen wird, wegen Erregung öffentlichen Ärgernisses.

„Na, was hab ich gesagt? Mich über die Keinen-Sex-vor-einem-Spiel-Regel vor einem Spiel hinwegzusetzen, hat Glück gebracht." Jetzt höre ich mich schon an wie CC.

Sie lacht glockenhell und es klingt wie Musik in meinen Ohren. Womit hab ich das nur verdient? Und wie konnte ich das all die Jahre übersehen? „Mhm ... mir hat es jedenfalls gefallen."

Ich lache herzhaft. „Gut, denn es wird wohl eine neue Tradition werden. Es scheint uns Glück zu bringen."

„Damit kann ich gut leben, du Wahnsinniger."

„Und ich erst. Und weißt du, was das Beste ist? CC wird sich darüber wahnsinnig freuen."

Wyatt kommt auf uns zu und sieht aus, als wolle er

unbedingt auf irgendwas einprügeln. Nicht mit dem Schläger hoffentlich. „Was gibt es da zu grinsen, McLear?", brummt er unzufrieden.

„Du hast wahnsinnig gut gespielt."

„Hast du die zwei Treffer nicht mitbekommen, die ich in die Hütte gelassen habe?"

„Deine Fangquote ist dennoch der Hammer. Und ganz generell: Das Leben ist großartig, findest du nicht?"

Er rollt mit den Augen und grinst dennoch ein bisschen. „Pass bloß auf, wenn du weiter so grinst, kommen dir noch Schmetterlinge aus dem Arsch."

Ich lache und bade in dem berauschenden Gefühl, als hätten wir den verdammten North America Cup gewonnen. Es ist sogar noch besser. Denn Lou in meinen Armen zu halten, ist, als hätte ich die Trophäe meines Lebens gewonnen.

Ende

Du hast noch nicht genug von den Bears? Dann habe ich gute Nachrichten für dich. Denn es geht weiter! Der zweite Band „Wyatt - Goal für die Liebe" von der lieben Christine Troy erscheint schon am 14. August und ist bereits vorbestellbar. Auf der nächsten Seite habe ich eine exklusive Leseprobe für dich. Also blättere unbedingt weiter.

EXKLUSIVE LESEPROBE

WYATT - GOAL FÜR DIE LIEBE VON CHRISTINE TROY

Wyatt

Mit einem Krachen schlägt der Puck gegen das Eisengitter vor meinem Gesicht. Obwohl ich den Schuss kommen sah, drückt seine Wucht meinen Kopf in den Nacken. Ohne Milly, meine Maske, hätte mir das Teil die komplette Kauleiste rausgehämmert. So jedoch bringt mich der Treffer lediglich einen Herzschlag lang aus dem Konzept.

»Boris!«, höre ich einen unserer Gegner, die *Vancouver Pirates*, schreien. Sekundenbruchteile später sehe ich im Augenwinkel jemanden um mein Tor herumschießen. Es ist der Center der Pirates, Boris Skoff. Der Scheißkerl hat den Puck bekommen. Zwei unserer Verteidiger kleben an ihm, versuchen ihm die Scheibe abzujagen. Sie nehmen ihn in die Mangel, versperren mir die Sicht. Ich gehe in die Knie, mache mich auf einen Angriff bereit. Da schießt etwas haarscharf an meinem Kopf vorbei und donnert hinter mir ins Netz. Das markante Tröten, das daraufhin erklingt, lässt mich die Hände wie Schraubstöcke um meinen Schläger winden.

Verdammt!

»Was für ein Spiel! Eine Minute vor Schluss verkürzen die *Vancouver Pirates* ihren Rückstand auf 2:3 Tore! Wer hätte das gedacht!?«, hallt die euphorische Stimme des Kommentators durchs Stadion. Die gegnerischen Fans johlen und schwingen Fahnen und Tücher in den Farben ihrer Mannschaft. Ihre Jubelschreie und Trommeln bringen die Halle zum Beben.

Während die Spieler sich für den Bully an der Mittellinie aufstellen, werfe ich einen Blick auf den gegnerischen Coach. Der grauhaarige Mann im Anzug hat gerade einen Spieler zur Seite genommen und redet auf ihn ein. Kaum ist der Puck im Spiel, sehe ich, wie der Schlipsträger seinem Goalie ein Zeichen gibt.

Er wird doch nicht ...?

Doch, er tut es. Er wechselt seinen Torhüter gegen einen vierten Stürmer aus.

Verdammt!

Mein Blick springt auf den Jumbotron, der über der Eisfläche thront. Noch 46 Sekunden zeigt die Uhr auf den Bildschirmen.

Ein Donnern lenkt meine Aufmerksamkeit zurück aufs Eis. Dan Louis, einer unserer Verteidiger, ist gerade zusammen mit einem gegnerischen Stürmer in die Bande gekracht. Die zwei ringen um den Puck. Dan ist der Geschicktere und schnappt sich die Scheibe. Doch in dem Moment, als er los- und auf das leer stehende gegnerische Tor zustürmen will, wird er von Boris Skoff gerammt. Die Plexiglasscheibe, die die Zuschauer schützt, erzittert, so hart wirft er den Verteidiger gegen sie. Jared Hopkins, unser zweiter Verteidiger auf dem Eis, stellt sich Boris, der jetzt den Puck hat und auf mich zu schießt, in den Weg. Die beiden kämpfen um die Hartgummischeibe, schieben, stoßen und versuchen den jeweils anderen wegzudrängen. Als der Center Jared mit einem Ellbogencheck foult und der Schiri nicht pfeift, weiß ich, dass das heute noch eng wird. Schon das ganze Spiel über hat der Schiedsrichter für unsere Gegner gepfiffen. Keine

Ahnung, ob sie das Arschloch geschmiert haben oder er ein Problem mit uns *Tofino Bears* hat, und es ist mir auch egal. Ich weiß nur eines: Wenn nicht rasch etwas passiert, gleichen die Arschgeigen aus.

Während die verbleibenden Spielsekunden heruntersticken, prescht der Stürmer auf mich zu. River McLear, unser Mannschaftskapitän und Center, sowie CC, unser linker Flügelspieler, geben ihr Bestes, Boris den Puck abzunehmen, werden jedoch von den übrigen Pirates in die Zange genommen. Jetzt wird das Spiel richtig schmutzig. Jared, dessen Laune nach dem Ellenbogen-Foul unterirdisch ist, knöpft sich Boris vor. Er rammt ihn und hämmert ihm den Schläger gegen die Brust. Sofort zerreißt der schrille Klang der Schiedsrichterpfeife die Buh-Rufe der Zuschauer.

»Slashing!«, informiert uns der Schiri. Achtundzwanzig Sekunden vor Schluss bekommt Jared eine Zwei-Minuten-Strafe aufgedrückt, was bedeutet, dass die Pirates einen Mann mehr auf dem Eis und damit ein Powerplay haben. Jared, der sich – zu Recht! – unfair behandelt fühlt, lässt seinen Unmut an Boris aus und geht auf den Center los. Handschuhe und Fäuste fliegen und das von der aufgeladenen Stimmung angeheizte Publikum jubelt. Dan geht dazwischen. Ich sehe, wie er auf Jared einredet. Er schafft es, ihn zu beruhigen, ehe der Schiedsrichter noch weitere Strafen verteilt. Als Jared schließlich fluchend und mit vor Wut krebsrotem Gesicht vom Eis fährt, nehmen die Spieler ihre Positionen für den Bully ein.

Mein Blick springt auf den Schiri, der sich gerade seine Pfeife zwischen die Lippen steckt.

Wehe, wenn wir wegen dieser Ratte in die Verlängerung müssen!

Ich bin sicher, dass ihn nach diesem Match fetter Ärger erwartet. Aber dann ist es womöglich zu spät. Das Spiel geht weiter, die angehaltene Zeit läuft wieder. Adrenalin flirrt durch meinen Körper. River schnappt sich die Scheibe. Flink wie ein Wiesel wirbelt er herum, versucht auf das gegnerische Tor zuzulaufen, doch die Pirates umzingeln ihn. Vitali Irgendwas – keine Ahnung, wie ihr rechter Flügelspieler noch mal heißt – nimmt ihm den Puck ab. Keine zehn Meter seitlich vor meinem Tor entsteht ein Gerangel.

Das geht nicht gut aus, sagt die Stimme in meinem Kopf. *Du musst was unternehmen!*

Der Pulk aus rangelnden Eishockeyspielern kommt auf mich zu. Mein Blick huscht über das Feld, checkt die Lage. Und dann sehe ich, wie River die Scheibe zurückerobert. Er wirkt gehetzt, will los, doch da bedrängt ihn bereits Boris.

»River!«, brülle ich und presche los. Mir ist egal, ob mich der verdammte Schiri abstraft, ich werde nicht zulassen, dass wir in die Verlängerung müssen oder das Spiel zuletzt im Penaltyschießen verlieren.

Hart remple ich mit meinen hundert Kilo gegen Vitali, der sich mir in den Weg stellt. Der Kerl bricht wie ein umgeknickter Ast zur Seite.

»River, jetzt!«, schreie ich, woraufhin mein Teamkollege erkennt, was ich vorhabe, und den Puck zu mir schießt. Ehe unsere Gegner begreifen, wie ihnen geschieht, presche ich zur Mittellinie vor und schlage ab.

Zwei Sekunden später dröhnt ein Tröten durch die Halle, das die Hoffnung der gegnerischen Fans wie eine Kaugummiblase zerplatzen lässt. Dafür jubelt die kleine Gruppe Bears-Fans, die auf der Tribüne hinter meinem Tor sitzt. In erster Linie sind es Sponsoren und ein, zwei Verwandte und Freunde. Da unsere Mannschaft neu in der Liga ist, ist unser Fankreis überschaubar klein. Einen größeren müssen wir uns erst verdienen ... oder erarbeiten – kann man sehen, wie man will. Doch wenn wir uns weiterhin beweisen wie heute, bin ich sicher, dass uns das schon bald gelingen wird.

»Geschieht ihnen recht! Betrügerische Arschgesichter«, mault Jared, als wir eine Stunde später frisch geduscht in der Umkleide stehen. Dampfschwaden hängen in der Luft und mischen sich mit dem Geruch von CCs Parfum. *One Million.* Er steht auf das Zeug und sprüht sich von Kopf bis Fuß damit ein – als wäre es ein verdammtes Insektenspray.

»Und der Schiedsrichter gehört vors Gremium gestellt«, reitet Jared weiter auf der Sache herum.

»Lass gut sein«, versucht ihn Dan zu beruhigen. »Wir haben gewonnen – das ist alles, was zählt.«

»Nein, Jared hat recht«, meldet sich River zu Wort und streicht sich das nasse Haar aus der Stirn. »Dieser Schiedsrichter gehört vors Gremium. Typen wie er sind eine Blamage für die *First National Hockey League.*«

»Ja, Mann, meine Rede! In der NHL hätte es so etwas nicht gegeben.« Ein Handtuch im Nacken steht Jared nackt auf der anderen Seite der Umkleide und lässt den Blick durch den Raum wandern. Er sucht nach Zustimmung.

Ich wette, jeden Moment prahlt er wieder damit, wie viel besser es in der NHL war.

»In meinen zwei Jahren bei den *Blackhawks* ist mir nicht mal ein annähernd unfähigerer Schiri untergekommen.«

War ja klar ...

»Was vermutlich daran liegt, dass du den Großteil der zwei Jahre auf der Bank verbracht hast«, sage ich, weil mir der Kerl allmählich auf den Sack geht. Immer diese Jammerei.

Jared richtet seine Aufmerksamkeit auf mich. Die dunklen Augen zu Schlitzen gezogen misst er mich mit hasserfülltem Blick.

»Schnauze, O'Brien. Wenigstens hätte ich die Möglichkeit gehabt, zu spielen. Während du was? Eine Rundreise durch Deutschlands Gefängniszellen unternommen hast?« Der Lacher, den er auf seine Worte hin ausstößt, trieft vor Arroganz. Ein gefährliches Kribbeln erwacht in meinem Nacken.

Ich hasse den Wichser!

Von einer Sekunde auf die andere bin ich von der Bank aufgestanden und gehe auf ihn zu.

Ich werde dem Penner sein verschissenes Grinsen aus der Visage klatschen.

»Wow, Shit!« Dan, der neben mir gesessen hat, springt auf und läuft mir nach. »Nicht doch, Jungs!«, ruft er und drängt sich gerade noch rechtzeitig zwischen uns. »Was soll denn der Mist?« Anklagend sieht er zwischen uns hin und her. »Wir haben heute die *Vancouver Pirates*, eine der stärksten Mannschaften der FNHL, besiegt. Wir sollten feiern, statt uns zu streiten. Wisst ihr, wie die Wetten standen?« Keiner von uns antwortet. Stattdessen sehen Jared und ich uns unverändert streitlustig an.

»13 zu 1.07«, erklärt Dan.

Anerkennendes Gemurmel erklingt um uns herum.

»13 zu 1.07«, wiederholt er eindringlich. »Und wisst ihr, warum die Quoten so schlecht stehen? Weil wir die verdammten Underdogs sind.« Er lässt seine Worte auf uns wirken. Wir alle wissen, dass er recht hat. Wir *Tofino Bears* sind neu in der Liga, unbeliebt und werden von keiner der anderen Mannschaften für voll genommen.

»Wenn wir den Leuten da draußen zeigen wollen, dass wir ernsthafte Gegner und keine Witzfiguren sind, müssen wir aufhören, uns wegen jeder Kleinigkeit in die Haare zu bekommen.«

Tja, nur ist es keine Kleinigkeit, darauf herumzutrampeln, dass ich Deutschlands Gefängniszellen abgeklappert habe. Hinter mir liegt eine beschissene Zeit. Vor neun Jahren und zwei Monaten hat mich der wichtigste Mensch in meinem Leben verlassen. Danach war nichts mehr wie zuvor. Aber davon hat dieses degenerierte Arschloch Jared natürlich keinen Plan. Er weiß nicht, was passiert ist.

Keiner der Bears weiß, was ich durchgemacht habe. Und das ist auch gut so.

»Können wir uns darauf einigen, einander nicht an die Kehle zu gehen?« Dan sieht mit ernster Miene von mir zu Jared, der die Lippen verzieht.

»Ach Scheiße, meinetwegen«, knurrt er, streicht sich mit der Hand seinen schwarzen Flat aus der Stirn und kehrt uns den Rücken.

Hast recht, er ist ein Wichser, pflichtet mir die Stimme in meinem Kopf bei.

Dan und ich kehren an unsere Plätze zurück und ziehen uns schweigend um. Nach dem Streit ist die Luft in der Kabine dicker denn je.

Wie immer brauche ich länger als die anderen, um fertig zu werden, weil ich, kaum dass ich angezogen bin, Milly poliere. Milly ist meine Maske. Sie ist mein Glücksbringer und trägt den Namen meiner verstorbenen Schwester. Kurz vor ihrem Tod habe ich sie von ihr geschenkt bekommen. In Gedenken an meine große Schwester habe ich von einem Airbrushkünstler ihr Gesicht sowie den Geburts- und Todestag aufsprühen lassen. Auf diese Weise habe ich sie immer bei mir. Die Maske ist alles, was mir von ihr geblieben ist, und bedeutet mir dementsprechend viel. Jedes Mal, wenn ich sie poliere, nehme ich mir ein paar Minuten Zeit und spreche in Gedanken mit Milly. Ich erzähle ihr, wie das Spiel oder Training war und was es bei mir Neues gibt. Es ist meine Art, sie in meinem Herzen lebendig zu halten.

Auch heute berichte ich ihr gedanklich von unserem

Spiel, ehe ich sie im Spind verstaue und mich auf den Heimweg mache.

Wie so oft bin ich der Letzte, der die Kabine verlässt. Selbst Jared, der eine gefühlte Ewigkeit vor dem Spiegel in seiner Spindtür gestanden und sich Gel ins Haar geschmiert hat, ist vor einigen Minuten aufgebrochen.

Inzwischen ist es ruhig in der Halle geworden. Die Zuschauer sind gegangen, und drüben auf dem Eis zieht Rick, der Hallenwart, mit seiner Putzmaschine einsam Kreise.

Erschöpft steuere ich den Hinterausgang an. Es war ein langer Tag und ich will nur noch nach Hause. Mit meiner Trainingstasche über der Schulter trete ich ins Freie und stutze, als ich Jared und zwei andere Typen entdecke. Die drei stehen ein paar Meter weiter entfernt von mir auf dem Privatparkplatz der Eishalle.

Augenblick, sind das nicht Skoff und dieser Vitali? Und wie sie das sind!

Skoff hebt einen Fuß und deutet auf ihn. »Die Hundescheiße unter meinem Schuh hat mehr Talent als du«, dringt seine Stimme zu mir herüber. Vitali, der sich vor Jared aufgebaut hat, macht einen Schritt auf ihn zu. Es wirkt, als hätten die beiden ihm aufgelauert. Überrascht bleibe ich stehen und beobachte die drei. Keiner von ihnen hat mich bemerkt. Jared nicht, weil er mir den Rücken zugekehrt hat, und die Pirates, weil sie auf unseren Verteidiger fixiert sind.

»Ha!«, lacht Jared unbeeindruckt auf. »Da verlierst du trotz parteiischem Schiri und nennst mich talentlos?

Wenn du einen passenden Vergleich zu dem Haufen Scheiße an deinem Schuh suchst, dann schau in den Spiegel.«

Wohl wissend, was nun passiert, schnalze ich mit der Zunge und kneife mir in die Nasenwurzel.

Mensch, Alter, muss das sein? Die Penner sind den Ärger nicht wert.

Obwohl es mich nervt, dass mein Teamkollege sich reizen lässt, zolle ich ihm insgeheim Respekt. Jared ist alles andere als ein Riese. Mit seinen 1,75 Meter ist er einen halben Kopf kleiner als die beiden Pirates. Trotzdem lässt er sich nicht einschüchtern.

»Du nimmst das Maul ganz schön voll.« Skoff macht einen Schritt auf den Verteidiger zu und stößt ihn gegen die Brust.

Verdammt! Eigentlich hatte ich mir vorgenommen, Situationen wie diesen aus dem Weg zu gehen. Aber ich kann Jared unmöglich den zwei Vollpfosten überlassen. Die schlagen ihn zu Brei.

»Habt ihr nicht einen Teambus zu erwischen?!«, rufe ich, woraufhin die Blicke der Pirates zu mir herüberschnellen. »Der wartet vor und nicht hinter der Eishalle.« Mit dem Daumen deute ich über die Schulter.

»O'Brien«, knurrt Skoff. Er zieht die Lippen zurück und präsentiert eine Reihe kurzer Mäusezähne. »Das hier geht dich nichts an. Also verpiss dich.«

»Oder was?« Ungerührt gehe ich auf die drei zu.

»Oder ich polier dir die Fresse.«

»Ich schaff das schon«, kommt es von Jared, der sich mit einem irren Glanz in den Augen zu mir umdreht.

Wenn du dich da mal nicht überschätzt.

»Wie wärs, wenn ihr uns allen den Gefallen tut und Leine zieht?«, frage ich und trete an die Seite meines Teamkollegen. Zwei Sekunden später donnert Skoffs Faust gegen mein Kinn und mein Kopf fliegt zur Seite. Wut weckt ein Kribbeln in meinem Nacken und flutet wie eine Welle durch meinen Körper. Doch ich zwinge mich, ruhig zu bleiben. Mit dem Unterkiefer rollend, richte ich den Blick zurück auf die Pirates. Die können kaum fassen, dass ich den Schlag so einfach wegstecke, und starren mich ungläubig aus großen Augen an.

»Ich steh nicht drauf, mich zu wiederholen«, warne ich sie mit bedrohlich tiefer Stimme.

Jared, dem der Mund offen steht, scheint nicht zu wissen, was er tun oder sagen soll. Verunsichert tritt er von einem Fuß auf den anderen. Gerade als ich dem Typen noch einmal raten will, sich vom Acker zu machen, verpasst mir Skoff einen erneuten Kinnhaken, der mich einen Schritt zurücktaumeln lässt.

Von einer Sekunde auf die andere schwillt das Kribbeln in meinem Nacken zu einem unerträglichen Brennen an und ich sehe rot.

Die Typen wollen Ärger? Den können sie haben!

Mit einem Handgriff hebe ich die Trainingstasche von meiner Schulter. Einen Herzschlag später schwinge ich sie durch die Luft und donnere das Teil Skoff seitlich gegen den Schädel. Der Schlag knockt den Stürmer aus.

Wie ein Sack Kartoffeln geht er zu Boden und ich wende mich Vitali zu.

Elodie

»Zentrale an alle Wagen«, dringt Alice' Stimme mit einem Knacken aus dem Lautsprecher. »Jack, Ellie, seid ihr da?«

Ich nehme das Funkgerät aus der Halterung. »Hier Wagen eins-null-zwei, was gibt's?«

»Ellie, hinter der Eishalle soll es eine Auseinandersetzung gegeben haben.«

»Gibt es Verletzte?«

»Nicht, dass ich wüsste. Kannst du bitte hinfahren und nach dem Rechten sehen?«

»Sicher. Ich mach mich gleich auf den Weg.«

»Hier Wagen eins-null-eins. Ich brauche noch ein paar Minuten an der Columbia High. Hab den Schüler ausgeforscht, der ins Sekretariat eingebrochen ist.«

»Kein Problem, Jack. Ich kümmere mich darum«, sage ich und meine, die besorgte Miene meines Freundes vor mir zu sehen. Jack hasst es, wenn ich allein zu Auseinandersetzungen gerufen werde. Wie die meisten Menschen unterschätzt er mich. Dabei sollte ausgerechnet er es besser wissen. In den drei Jahren, in denen wir zusammen im Tofino Police Department arbeiten, habe ich mehr als einmal bewiesen, dass ich auf mich selbst aufpassen kann.

»In Ordnung. Ich komme nach, so schnell es geht.«

Sicher tut er das.

Ich verdrehe die Augen, hänge das Funkgerät zurück und biege an der Kreuzung ab in Richtung Eishalle.

Als ich dort ankomme, finde ich vier Männer auf dem Parkplatz hinter dem in die Jahre gekommenen Backsteingebäude vor. Zwei von ihnen stehen sich gegenüber und streiten. Ihre aufgebrachten Stimmen dringen bis zu mir in den Wagen. Doch sie gehen einander nicht an die Gurgel, sondern umkreisen sich wie aufgeplusterte Gockel.

Die anderen beiden sitzen einfach nur da. Einer auf dem Boden, der zweite auf einer Trainingstasche. Letzterer hat mir den Rücken zugekehrt, weshalb ich sein Gesicht nicht sehen kann. Dafür schaut mir der Kerl auf dem Boden – ein rothaariger Hüne – geradewegs in die Augen. Er wirkt benommen und an seiner Augenbraue klebt Blut.

Shit!

Sofort greife ich nach dem Funkgerät.

»Wagen eins-null-zwei an Zentrale.«

»Hier Zentrale«, bestätigt Alice.

»Ich bin an der Eishalle. Vier Männer, mindestens ein Verletzter. Kannst du einen Krankenwagen schicken?«

»Krankenwagen kommt sofort. Sind die Typen bewaffnet?«

Mein Blick tastet über die vier. »Sieht nicht danach aus.«

»Alles klar. Ich wette, das sind die Bears.«

»Die Bears?« Ich kräusle die Stirn.

»Unsere neue Eishockeymannschaft«, erklärt Alice. »Sag bloß, du hast noch nicht von ihnen gehört. Die sind seit Wochen Thema Nummer eins in Tofino.«

»Doch, natürlich. Jetzt wo du es sagst.« *Wenn ich mich nicht täusche, hatten die Bears heute ihr erstes Heimspiel.*

»Ist wohl ein ziemlich unberechenbarer Haufen. Der Chief hat schon befürchtet, dass die Jungs Ärger machen werden.«

Das glaube ich gern.

Mit Eishockeyspielern habe ich so meine Erfahrungen.

Unberechenbar ist ein treffender Ausdruck, denke ich und bringe meinen Dienstwagen vor den Typen zum Stehen.

»Willst du, dass ich Verstärkung schicke?«

»Nein, das geht schon. Außerdem kommt ja Jack nach.«

»Alles klar. Melde dich, wenn was ist.«

Die Hand an meiner Waffe steige ich aus.

»Officer!«, empfängt mich einer der Gockel mit russischem Akzent und einem geschwollenen Auge – wie's aussieht, hat er eine verpasst bekommen. »Gut, dass Sie da sind. Der Kerl da hat meinen Teamkollegen angegriffen.« Sein Finger zeigt anklagend auf den Typen, der auf der Trainingstasche sitzt. Der spuckt eine Ladung Blut neben sich auf den Boden, bleibt jedoch unbeeindruckt sitzen.

»Er hat sich nur verteidigt! Skoff hat ihm zuerst eine zementiert«, ergreift der andere Gockel – ein etwa eins fünfundsiebzig Meter Kerl mit dunklem, nach hinten gegeltem Flat – Partei für den Beschuldigten.

»Na und? Der Freak hat ihm seine Trainingstasche übergezogen und …«

»Es reicht!«, fahre ich dem Kerl mit dem russischen Akzent dazwischen. »Ihr zwei, rüber zum Polizeiwagen. Hände auf die Motorhaube.«

Während die Streithähne meiner Aufforderung mit finsteren Mienen nachkommen, wende ich mich an den Kerl auf der Tasche.

»Sind Sie verletzt, brauchen Sie einen Krankenwagen?« Da er vorhin Blut gespuckt hat, gehe ich davon aus.

»Nein«, antwortet er mit einer Stimme, die mir bekannt vorkommt. Ich schaue ihn genauer an. Er ist groß, hat breite Schultern, kurzes dunkelbraunes Haar und eine sichelförmige Narbe unterm rechten Ohr. Ich erstarre.

Ist das? … Nein, unmöglich, er lebt in Deutschland …

Ehe ich mich aus meiner Starre befreien kann, wirft mir der Kerl über die Schulter einen Blick zu.

Uff! Mein Herz stolpert und kracht schmerzhaft gegen meine Rippen. Dieses Gesicht, ich würde es unter Millionen wiedererkennen!

»Wyatt?«, flüstere ich, während mich eine Welle von Gefühlen überrollt. *Wie lange ist es her, als ich ihn zuletzt gesehen habe? Acht, neun Jahre? Er hat sich kaum verän-*

dert, sieht immer noch aus wie früher. Nur die feinen Fältchen um seine Augen sind neu.

»Hi, Ellie«, begrüßt er mich und die Vertrautheit in seiner Stimme verschlägt mir den Atem. Wyatt war meine erste große Liebe. Er hat mir die Welt bedeutet, bis ... tja, bis er alles versaut hat.

Das Buch erscheint am 14. August und ist bereits vorbestellbar.

BONUSKAPITEL

Du hast noch nicht genug von River und Lou und all den anderen Protagonisten der Tofino Bears? Dann kannst du dir jetzt fünf exklusive Bonuskapitel von allen fünf Bänden sichern, indem du dich für die Newsletter von Christine, Josie, Ava, Carrie und mir anmeldest. Als Dankeschön senden wir dir ein kostenloses exklusives Bonuskapitel zu jedem Band zu. Aber Achtung: Um dich nicht zu spoilern, solltest du die Bonuskapitel erst lesen, wenn du das Buch der jeweiligen Autorin gelesen hast, da diese Geschichten an die jeweiligen Bücher anknüpfen. Den Link zu dem Newsletter erhältst du auf unserer Website, Facebook, Instagram und sogar auf unserem Autoren Profil bei Amazon.

Ganz viel Lesespaß mit den Bears und alles Liebe
wünschen dir
Christine, Josie, Ava, Carrie und Liv

DIE TOFINO BEARS

Die *Tofino Bears* sind ein neu gegründetes Eishockey Team in der gleichnamigen und abgelegenen kanadischen Kleinstadt Tofino auf Vancouver Island. Dort gibt es alles, was das Herz begehrt: Lange ausgedehnte Sandstrände, dicht bewachsene Wälder und ein heißes, aber flegelhaftes Eishockey Team, das sich nicht nur durch seine erste Saison als Underdog kämpft, sondern auch in Sachen Liebe einige Herausforderungen durchlebt.

Die Reihe umfasst fünf Bände:
River – (H)eiskalt verliebt von Liv Keen
Wyatt - Goal für die Liebe von Christine Troy
Riley – Knisterndes Comeback von Josie Charles
Sawyer – Puck ins Herz von Ava Avery
Kane - Küsse zum Finale von Carrie Brigthon

Jeder Band kann unabhängig gelesen werden und enthält explizite Szenen. Happy End garantiert!

RIVER - (H)EISKALT VERLIEBT

VON LIV KEEN

Band 1 der Tofino Bears

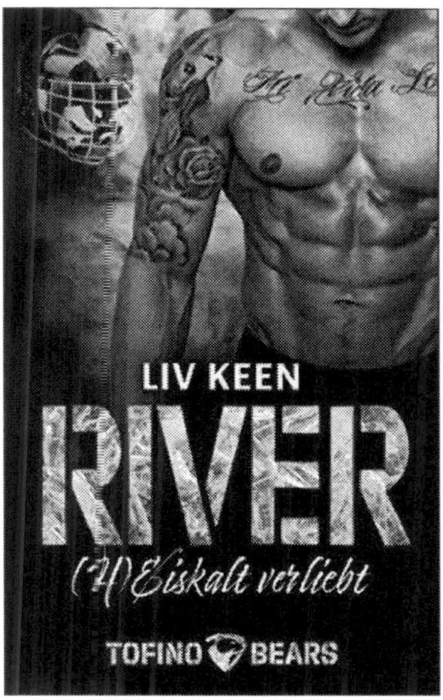

Was tust du, wenn du plötzlich scharf auf deine beste Freundin bist? Klar, du schläfst auf ihrer Couch. Nur wie lange?

Nach einem heftigen Skandal und dem Rauswurf aus meinem mittlerweile Ex-Eishockey-Team erhalte ich unerwartet eine zweite Chance von einem alten Kumpel. Ich soll sein gerade erst gegründetes Eishockeyteam *Tofino Bears* anführen. Dazu kehre ich in meine Heimatstadt Tofino zurück. Eine kanadische Kleinstadt, an der ich alles hasse.

Bis auf Lou, meine beste Freundin aus Kindertagen. Kurzerhand quartiere ich mich in ihrer Wohnung auf ihrem Sofa ein – mit ungeahnten Folgen. Denn wer hätte bitte ahnen können, dass Lou rattenscharf geworden ist und es mir unmöglich macht, meine Finger von ihr zu lassen?

WYATT - GOAL FÜR DIE LIEBE

VON CHRISTINE TROY

Band 2 der Tofino Bears

Bei unserem ersten Wiedersehen nach Jahren legt mir meine Exfreundin Elodie Hunt direkt Handschellen an.

Was die Polizistin nicht weiß: Ich bin ihretwegen in Tofino, habe ihretwegen als Goalie bei den Bears unterzeichnet. Ich spüre, dies ist meine Chance, sie zurückzugewinnen. Das Schicksal hat mir einen Wink gegeben.

Was ich hingegen nicht weiß, ist, dass Ellie vergeben ist. Und womit ich schon gar nicht rechne, ist, dass ich dank ihr in eine Situation gerate, die uns beide das Leben kosten könnte.

Doch für sie nehme ich jede Gefahr in Kauf. Denn Ellie ist das Licht meines Lebens; ich muss und werde sie zurückerobern!

RILEY - KNISTERNDES COMEBACK

VON JOSIE CHARLES

Band 3 der Tofino Bears

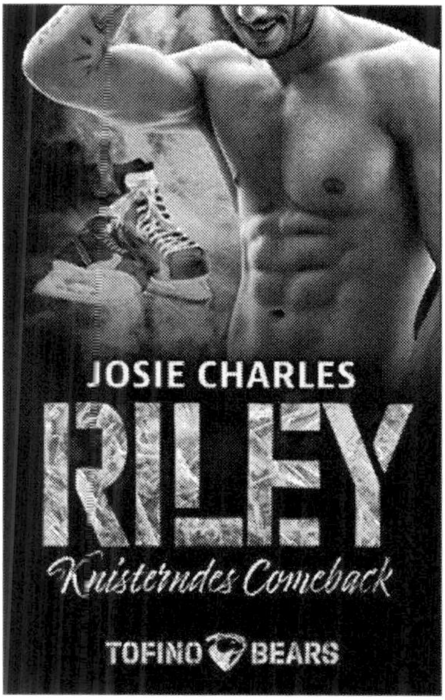

Ein Neustart als Eishockeyspieler - das Angebot der Tofino Bears klang so verlockend, dass ich gleich zugesagt habe. Wer hätte ahnen können, dass meine zweite Chance als Spieler auch meine zweite Chance in der Liebe bedeutet?

In meiner ersten Saison in Kanada bin ich fest entschlossen, all meine Kraft ins Team zu stecken. Dann begegne ich Celina, einer Frau, die mich komplett umhaut. Wie ich liebt sie das Eis, ist schlagfertig, heiß wie Feuer - und aus mehreren Gründen tabu. Der bedeutendste davon ist meine Vergangenheit. Ich trage ein Geheimnis mit mir herum, das nicht nur Celinas friedliches Kleinstadtleben ins Chaos stürzen könnte, sondern auch das ihres kleinen Sohns Elias. Dabei braucht Elias, nachdem sein Vater abgehauen ist, dringend einen neuen Dad. Wenn ich mir eine Zukunft mit den beiden aufbauen will, muss ich mit meinem alten Leben aufräumen ... Doch um Celina für mich zu gewinnen, würde ich alles tun.

SAWYER - PUCK INS HERZ

VON AVA AVERY

Band 4 der Tofino Bears

Ich liebe es zu spielen. Und zu gewinnen. Bis zu dem Punkt, an dem der Einsatz mein Herz ist und sich das Spiel gegen mich wendet. Werde ich alles verlieren?

Um endlich meine Ruhe zu haben und mein Leben als mehrfacher Millionär zu genießen, ziehe ich nach einer glorreichen Sportler Karriere als gefeierter Eishockey Profi und Head Coach in die beschauliche Küstenstadt Tofino im Westen von Kanada. Doch als mich mein alter Kumpel Frank Keller bittet, die Tofino Bears, eine talentierte Außenseitermannschaft, durch die unmittelbar bevorstehenden *Playoffs* zu führen, kann ich ihm diesen Gefallen nicht abschlagen. Als wäre dieser ungewollte Trainer Job nicht schon anstrengend genug, funkt mir bei meiner Arbeit auch noch andauernd diese kleine Blondine mit den Aquamarinaugen dazwischen, deren Aufgabe es ist, die Bears zum beliebtesten Eishockey Team der Liga zu machen. Mir ist ihre Aufgabe jedoch herzlich egal. Denn mich interessiert nur Eines: Gewinnen. Gewinnen will leider auch Hope Walker, die Blondine mit den Aquamarinaugen. Aber im Spiel kann es bloß einen Gewinner geben und ich bin fest entschlossen, aus diesem Duell als Sieger hervorzugehen. Dumm nur, dass mein verräterisches Herz das anders sieht und mir mein Vorhaben sichtlich erschwert. Das wiederum spielt Hope in die Karten. Denn sie lässt mich nicht nur eiskalt abblitzen, sondern geht sogar so weit, mich an den Höchstbietenden zu verkaufen...

KANE - KÜSSE ZUM FINALE

VON CARRIE BRIGTHON

Band 5 der Tofino Bears

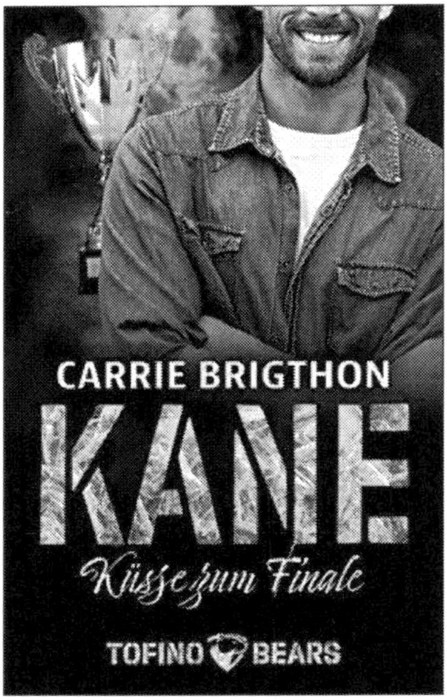

To-do-Liste von Eden Labelle:

1. Endlich einen anderen Mann als meinen Ex küssen

2. Einen heißen One-Night-Stand haben

3. Alles, was mit Eishockey zu tun hat, auf ewig aus meinem Leben verbannen

(*Verzeihung, aber wer hätte ahnen können, dass ich mich ausgerechnet in Kane Parker verknalle?*)

Eigentlich wollte sich Kane Parker als Owner der *Tofino Bears* nach seiner Rückkehr nach Tofino nur auf eines konzentrieren: den Erfolg seiner Eishockeymannschaft.

Dass ihm Eden Labelle, die Frau mit der süßen Zahnlücke, den hellblauen Augen und den strohblonden Haaren nach einem unvergesslichen Kuss völlig den Kopf verdreht, stand nicht auf dem Plan.

Da gibt es nur ein Problem: Eden hasst Eishockey und will mit diesem Sport nach einer katastrophalen Beziehung mit einem Eishockeyspieler nichts mehr zu tun haben.

Aber muss Kane ihr unbedingt erzählen, wer er wirklich ist?

Kann er dieses unbedeutende Detail nicht einfach weglassen?

Und was geschieht, wenn Kanes Lüge hochgeht wie eine Bombe?

DANKSAGUNG

Es gibt so viele, denen ich meinen Dank ausrichten möchte:

Allen voran meinen wunderbaren Kolleginnen Christine Troy, Josie Charles, Ava Avery und Carrie Brigthon. Die Zusammenarbeit mit euch habe ich wahnsinnig genossen und ich freue mich auf alles, was noch von uns kommt. Danke für eure wahnsinnige Unterstützung <3

Dann möchte ich meiner lieben Lektorin und Korrektorin Sandra Latoscynski von Herzen danken, genau wie Mike von MT Design für das wunderbare Cover. Es gefällt mir wahnsinnig gut.

Ein großer Dank geht an Susanne Erlemann und Patricia Vogel, die sich ganz viel Zeit genommen haben, um alle fünf Tofino Bände auf Herz und Nieren zu prüfen. Von Herzen danke dafür, ihr Lieben <3 Auch meinen wunderbaren Testleserinnen Selina, Irene, Chantal, Saskia, Antje, Tina und Heike geht ein lieber Dank! Ihr seid mir schon so lange eine wahnsinnige Stütze und ich danke euch sehr. <3

Dann danke ich natürlich meiner Familie, meinen

besten Freundinnen Nicky und Antje, meinen Kindern und meinem Mann Jan, der immer zu mir hält und nicht von meiner Seite weicht. <3 Ich liebe euch und bin dankbar, dass es euch gibt.

ÜBER LIV

Liv Keen wuchs in einer großen, chaotischen und etwas verrückten Patchworkfamilie auf. Schon als sie ein kleines Mädchen war, versorgte ihre unkonventionelle Uroma sie mit etlichem Lesestoff und erfand mit ihr lustige Geschichten. Ihre große Liebe ist, wie es der Zufall so will, auch ihr bester Freund, mit dem sie eine kleine Familie gegründet hat. Die unverbesserliche Romantikerin schreibt seit 2014 vorzugsweise Märchen und Geschichten über die große Liebe, dabei ist sie nicht auf ein bestimmtes Genre festgelegt. Außerdem hat sie eine große Schwäche für Tiere, die sie, zum Leidwesen ihres Mannes, gern alle adoptieren würde.

Ihr Debütroman „Sandkasten-Groupie“ wurde 2014 im Self-Publishing publiziert. Im Herbst 2018 wird die komplette Romanreihe unter dem Namen "Backstage

Love" vom Droemer Knaur Verlag ins Taschenbuch-Programm aufgenommen und veröffentlicht. Mit ihrer Eishockeymannschaft Wild Tigers schrieb sie sich ins Herz ihrer Leser und freut sich auf viele neue Bücher, in denen es immer um die vielen Facetten der Liebe gehen wird.

Weitere Information erhältst du auf meiner Homepage.
www.kathrin-lichters.de

IMPRESSUM

Imprint: Independently published (4. August 2022)
ISBN: 979-8844030529

BookRix GmbH & Co. KG
Z H. Kathrin Lichters
Implerstraße 24
D - 81371 München
www.kathrin-lichters.de

Covergestaltung
Mike Troy MT Design
https://www.mt-design.at

Bildnachweise
© theartofphoto, www.123RF.com
© artemegorov, www.123RF.com

Lektorat/Korrektorat
Sandra Latoscynski
www.latos-verlag.de

Printed in Poland
by Amazon Fulfillment
Poland Sp. z o.o., Wrocław

10742610R00146